O –

CB081648

editora Urutau

rua do cajú, 478,
jardim das cerejeiras
06724-015
cotia-sp (brasil)

avenida peirao besada, 6 – 2D
36163 poio-pontevedra
(espanha)

[+34] 644 951 354 [espanha]
[+55] 11 9 4859 2 426 [brasil]

www.editoraurutau.com.br
contato@editoraurutau.com.br

[EDITORA]
debora ribeiro rendelli
[REVISÃO]
juliana palermo
[PROJETO GRÁFICO]
wladimir vaz
[COORDENAÇÃO GRÁFICA]
tiago fabris rendelli
[DIAGRAMAÇÃO]
victor h. azevedo

© jucá, 2022.

dados internacionais de catalogação na publicação (CIP) de acordo com ISBD

jucá, pedro
J91c coisa amor / pedro jucá. — cotia : urutau, 2022. 152 p. ; 13cm x 19cm.

ISBN 978-65-5900-293-1

1. literatura brasileira. 2. prosa. 3. conto. I. título.

CDD 869.8992
2022-1798 CDU 821.134.3(81)

elaborado por vagner rodolfo da silva - CRB-8/9410

COISA AMOR

PEDRO JUCÁ

[primeira edição]
URUTAU
junho de 2022

sumário

Passo a Passo

Não existe nada mais ridículo e debalde desesperado na vida do que dizer isto: não é justo.

Havia quinze minutos que eu estava em pé, parada em frente à pia lotada de louça suja. A pilha que se formava me remeteu a um insuspeitado castelo, tigelas redondas como abóbadas invertidas, copos empilhados como torres tortas, à iminência da queda. A disposição quase lúdica dos objetos parecia, por contraste, desdenhar de mim — vi, de relance, meu reflexo deplorável no vidro da janela sobre a pia —, e isso me revoltou.

Dei, meio felina, uma espécie de patada na estrutura, que se desmontou em parte. Grunhi quando um dos copos de vidro, daqueles em que se bebe cerveja em bares de esquina, caiu e se estilhaçou no chão. Eu fiquei puta, porque sabia que juntar os cacos seria uma tarefa doméstica que eu não poderia postergar por muito tempo, mas me regozijei quando percebi que também a ilusão havia se quebrado: a pilha de sete dias de louça suja voltara a ser uma pilha de sete dias de louça suja, não mais um castelo. A visão dos restos de comida intumescidos de água aliviou meu sentimento de revolta, e o cheiro acre que subia da pia me reconfortou, pois se confundia com o meu. Eu não tomava banho havia cinco dias e não saía de casa havia duas semanas.

Por um instante, a agressividade do meu ato, sua violência que facilmente se passaria por cotidiana, me reanimou. Pensei naquilo como um bom augúrio, um anúncio de que, pelo menos por aquele dia, eu conseguiria ensaiar uma saída, um caminho.

Estava, claro, enganada.

Me enchi do último ímpeto de imprudência e me abaixei para recolher o vidro quebrado. O sangue correu da polpa da minha mão. Fiquei fascinada, mas um outro pensamento se interpôs, vindo de alguma entranha física ou psíquica, e eu acabei por pronunciá-lo em voz alta: "não é justo". Regurgitei a frase e logo a capturei para mim. Sozinha em casa, repeti três vezes: não é justo, não é justo, não é justo.

Fui então assaltada pela já familiar sensação de alguma matéria derretendo dentro de mim, causando algo que eu poderia chamar de *amornamento febril*, ao qual reajo com concessão, não com luta. Entendo meu corpo e, condescendendo, deixo que ele se prepare. Tudo o que consigo fazer, antes de me despencar no chão da cozinha, é alcançar um pano de prato sujo e fazer pressão no sangue da mão, para estancar. Não muita, pois não consigo, não tenho força.

Quebrei um copo em minha cozinha e me cortei com o vidro, e fico a ponto de entender que não há, nisso, trivialidade alguma. Então conto meu trajeto até aqui não como quem busca, mas como quem descobriu que não há nada a se encontrar — nem ninguém a se contar. A ninguém, só a mim, cabe essa história. Penso que até nisso persiste o vexame cruel de nossa solidão, e só não me entristeço porque nem isso eu consigo fazer mais.

Na época em que conheci Arthur, eu estava imersa numa profusão de atividades que tomava quase todo o meu tempo, mas essa imersão não era paralisante, não se confundia com atolamento. Muito ao contrário, eu sentia que, desde que me esforçasse o suficiente, poderia chegar onde bem quisesse. Eu ainda acreditava que, contando com o infalível motor de meu ânimo incansável, a vida era algo que podíamos controlar. Era um resquício da adolescência que eu trazia para o começo da minha vida adulta. Havia ordem em tudo o que eu fazia, as atividades do dia todas cronometricamente organizadas. Com isso, eu afastava de meu cotidiano qualquer parcela de caos.

Eu havia sido corajosa o suficiente para peitar toda a minha família e largar os estudos da faculdade, que me parecia uma maçada sem fim. Assistir às aulas com notório desinteresse não me fazia muito diferente dos colegas da turma — a maioria deles ouvia os professores com uma expressão sonâmbula no rosto, alguns aliás bocejando sem vergonha alguma —, mas eu logo percebi, pelas poucas conversas que mantinha pelos corredores, que o desânimo deles era generalizado, enquanto o meu se reduzia àquele universo.

Fora dali, as coisas não eram daquele jeito.

Uma das minhas primeiras lembranças de infância se passa assim: em frente ao meu prédio, havia uma casa da qual se ouviam músicas por quase todo o dia. No começo, papai costumava me levar à varanda só para que eu ouvisse os sons, que me agitavam ao ponto da exaustão ("tu balançava tanto os braços que, tal hora, capotava, começava a dormir"). Nesse dia em específico, contudo, eu já havia aprendido a andar: sem que meus pais percebessem, saí do quarto e fui até a varanda, onde escalei uma cadeira próxima ao parapeito. Meu olhar parou primeiro numa grande piscina azul em que o sol se quebrava e refletia, mas foi o que estava mais adiante que me arrebatou.

Numa sala espelhada, homens e mulheres em roupas justas e coloridas se balançavam muito, levantavam as pernas até a altura da cabeça, jogavam-se ao chão. O que me pareceu mágico, entretanto, foi a mistura dos gestos com a impressão sonora. Como o ritmo dos movimentos se ajustava ao da música, eu achei que o som se fazia e se saía daqueles corpos, e aquilo me fascinou. Papai me conta que, no fim de tudo, quando ele me alcançou bem a tempo, eu estava perigosamente me projetando para fora da sacada, hipnotizada pelo que via e ouvia.

Aprendi a dançar antes mesmo de aprender a ler, e foi nesse outro registro, o de uma sucessão de passos que eram também uma espécie de código, de linguagem, que eu primeiro pude me expressar. Ainda aos quatro anos, tive minha primeira aula de dança. À época, eu não tinha muita noção disto, mas hoje percebo com inconteste clareza que, já ali, eu estava em absoluto destaque. Minhas amiguinhas colocavam a mão na cintura com desengonça, erguiam os braços com desleixo, corriam sobre os bambolês como quem brinca. Eu, ao contrário, levava tudo muito a sério. Minha dedicação, que, de outra forma, bem poderia ter sido confundida com competição excessiva, era legitimada pelo fato de que algo saía de mim *in natura*, sem disfarce, sem processamento. Tudo ali me parecia — e de fato era — muito próprio, muito natural. Enquanto minhas amiguinhas corriam feito umas abestadas pela sala, eu me olhava no espelho e sabia que eu era diferente. Que eu era especial.

Uma dessas meninas, a Laís, ainda hoje é uma de minhas melhores amigas. Sua dança até que evoluiu bem, mas, quando chegou ao Ensino Médio, precisou largar os ensaios para se dedicar ao vestibular de medicina. Tenho quase certeza de que, com meu celular desligado há dias, é ela quem, desde ontem, vem ao meu prédio para me interfonar sucessivas vezes. Não recebe resposta alguma. Eu me concentro naqueles insistentes *triiim* na expectativa de que uma irritação me invada e me tire da cama, do sofá, do chão da sala. O sentimento, logo descubro, não vem. Não virá.

A naturalidade do começo logo teve de ceder espaço a uma dedicação mais franca, mais descarada. A essa altura, eu já havia passado da fase em que o radar dos adultos está aceso, às vezes até expectante, para encontrar no próprio filho (ou, com eufêmica delícia, no filho alheio) algum transtorno ou desvio de caráter ("você não acha que a fulana tá um pouco *obcecada* com esse negócio de dança?"). Adolescendo, dividida entre a escola e a dança, já me convinha lutar, a olhos vistos, por ser a melhor em tudo. Meus pais se orgulhavam disso, se orgulhavam da filha que, com os boletins repletos de ótimas notas, passava três horas por noite em meio a preparações físicas e ensaios.

Três horas logo se tornaram insuficientes, então obriguei minha mãe — ali já um pouco ressabiada e, no futuro, acremente arrependida por ter cedido — a instalar em meu quarto uma barra e espelhos. Aquilo me permitiu não só estender minhas horas de dedicação à dança, mas também me render, sem vergonha, aos semblantes da dor. Na academia, eu desviava quantidades colossais de energia do controle dos músculos corporais para o controle dos músculos faciais e vocais, pois sabia que as colegas todas (agora longe, muito longe de serem *amiguinhas*) viviam à espreita de uma careta intrusa no meio de um alongamento ou de um gemido incontido que tivesse escapulido no meio de um *grand jeté*, não importasse quão bem executado fosse. Sei disso porque eu mesma estava sempre atenta a captar esses discretos fracassos, o que, por si só, já me cobrava o preço de uma distração.

Entreguei-me, então, a uma íntima relação com a dor, de cujos limiares, sempre cada vez mais forçados, eu extraía também um vago desenho, um delineado em perene expansão, dos contornos não do meu próprio corpo — que, muito ao contrário, pareciam sempre diminuir, os braços finíssimos, os seios cada vez mais achatados —, mas do que ele podia fazer. Eu me esticava um pouco mais e chegava quase a ouvir, vindo do músculo, um barulho de corda esgarçando, enquanto arreganhava os dentes e gemia alto, cuidando, entretanto, para que meus pais não ouvissem nada; eu esticava meus pés dentro da sapatilha e saltava algumas centenas de vezes ininterruptas, o suor se misturando às lagrimas involuntárias. Ao final, eu verificava: meu *grand battement* estava um pequeno centímetro mais alto, meu pouso, um tanto mais delicado. Eu me sentava no chão, limpava com cuidado o sangue dos meus dedos e do interior da sapatilha e sorvia o alívio não do descanso, mas da *expansão*.

Lá pelo início do terceiro semestre da faculdade, a Diretora da Escola de Dança me chamou na sala dela e me convidou para ser a Primeira Bailarina da Academia, que, a essa altura, já contava com mais de 600 alunas e um Corpo de Baile de alguma notoriedade internacional. Sempre viajávamos para competições e apresentações avulsas — o que já havia começado a truncar meus estudos —, mas o plano, daquela vez, era convidar o pessoal do Bolshoi para assistir ao espetáculo de final de ano. Aquele era também um *presente*, a Diretora me dizia num tom entre o invejoso e o magnânimo, pois, em posição de destaque, eu teria muita chance de chamar a atenção dos olheiros. A dedicação, entretanto, teria que ser exclusiva, não haveria mais espaço para as obrigações acadêmicas. Era um ultimato.

Cheguei em casa trêmula e avisei a meus pais que largaria a faculdade. Deixei-os gritando na sala e, ainda naquela noite, antes de me lançar a meus treinos e ensaios, comecei a procurar um emprego. Eu sabia que eles não tolerariam a situação e que eu teria que começar a me bancar. Embora eu soubesse que não seria expulsa de casa, sabia também que não poderia mais usufruir daquela rede de privilégios edênicos em que as famílias de classe média, movidas por renitentes narcisismos, costumam embalar seus filhos, mesmo depois de crescidos. Teria de procurar um lugar para morar, pagaria pelas contas e pela comida, compraria minha própria roupa, arcaria com meus pequenos luxos. *Buá-buá*, pobre de mim.

Logo aluguei um apartamento e passei a acordar às cinco horas da manhã todos os dias, de domingo a domingo. Para os dias de semana, o levantar à alvorada dava sequência ao seguinte: três horas de ensaio (em jejum, era mais fácil manter meu peso assim), 40 minutos para banho e café da manhã, 20 minutos de deslocamento a pé até o *Le Matin*, seis horas de trabalho em que se incluíam 15 minutos para o almoço, 30 minutos de deslocamento a pé para casa (eu me concedia 10 minutos a mais para uma pausa no caminho, observando um pouco o movimento da rua), depois, por fim, horas e horas de alongamentos, treinos e ensaios, fosse na Escola, fosse em casa. Seguia até não poder mais, por volta da meia-noite. Para os finais de semana, a coisa toda se resumia à dança — à exceção das noites de sábado e domingo, quando me concedia algum período de lazer que, não se enganem, era utilitário: eu sabia que o corpo e a mente, sobretudo a mente, têm uma carga máxima de tensão que conseguem suportar e que, com aquelas poucas horas de entretenimento ou de descanso, sempre o mínimo estritamente necessário, eu conseguia descarregar. Seria esse o pequeno e desastroso espaço que Arthur viria a ocupar, embora não por muito tempo.

Meu trabalho no *Le Matin* se resumia ao de uma garçonete espirituosa de um desses cafés *cool* que haviam se tornado moda, o que, mais importante que o relativo cansaço que me causava ou o desgaste de lidar com algumas situações muito específicas (como uma louca neurótica vindo reclamar, aos gritos, de que os 50 gramas de granola do seu iogurte haviam sido reduzidos a 30), me dava uma certa liberdade em experimentar com minha teatralidade, com minha experiência de palco. Nesse sentido, aliás, uma certa performance era até meio que esperada da gente — o preço superfaturado do café não se justificava só pelo fato de (supostamente) ter sido engolido e cagado por um pássaro raro numa ilha remota, mas também incluía uma interação quase terapêutica, catártica, entre mim e os clientes. Não era incomum que eu me encontrasse sendo abraçada pelos frequentadores mais assíduos do local.

Eu trazia canecas com corações de chantilly desenhados e recolhia as pilhas de pratos sobejados sempre com um novo personagem: ora, quando havia crianças na mesa, era cálida e amável, ora, sobretudo para moças sozinhas ou rapazes gays em encontros, assumia um ar confidente, cúmplice. Às vezes, me insinuava sexualmente, correndo para detrás da bancada, soltando os cabelos, abrindo um botão da blusa (ou dois, já que não havia muito ali) e me inclinando um tanto mais que o necessário para servir os homens hétero que estivessem sozinhos.

E foi numa situação assim que conheci Arthur.

Não havia nele nada de especialmente chamativo ou mesmo de atraente — na verdade, em um primeiro momento, eu sequer o havia notado para além da difusa presença de um cliente genérico, uma massa corporal ocupando espaço na visão periférica. Ele havia pedido um suco de laranja e uma tapioca de beterraba recheada com *carpaccio* e rúcula, e minha concentração estava quase inteira investida em decorar um pedaço particularmente difícil da coreografia do meu solo. Naquele dia, eu acionara o piloto automático, reservando ao trabalho apenas uma última réstia de atenção, o suficiente para não derrubar uma bandeja na cabeça de alguém. O espetáculo de final de ano estava se aproximando, por isso era cada vez mais usual que eu me visse despojada de todas aquelas personas que costumava usar. Isso não agradava meu chefe, mas o plano, que ele desconhecia, era cair fora até o começo do ano seguinte, quando eu já teria sido contratada pelo Bolshoi. Assim, o tom ligeiramente antipático, o cabelo erguido num coque que ia ficando mais e mais desgrenhado com o passar do expediente e o uniforme amarrotado e abotoado até o pescoço me garantiam uma reserva mental que eu só conseguia obter na medida em que mantinha os clientes a certa distância.

Eu havia praticamente jogado o prato e o copo na mesa de Arthur e já estava voltando ao balcão (*cinco, seis, sete, oito, pirueta, arabesque, rond de jambe, fouetté)*, quando ele me soltou umas palavras que não consegui ouvir. Achei que fosse alguma cantada idiota, então me virei agastadíssima, num tom rude.

"O que é que foi, *meu senhor*?"

"Você é bailarina, não é?"

A pergunta me assustou muito porque me senti flagrada, como se tivesse sofrido uma devassa em meus pensamentos. Retornei alguns passos, e minha descompostura foi tanta que tive que me apoiar na cadeira a seu lado. Ele sorriu (só agora eu o percebia de fato). Eu sorri de volta e, para terminar de afastar a absurda ideia de que ele poderia ler meus pensamentos, perguntei como ele sabia.

"Você anda o tempo todo em *en dehors*".

Olhei para os meus pés, notei o ângulo involuntário que faziam e dei uma ruidosa gargalhada, que fez meu chefe tossir alto por detrás da caixa registradora. Eu dei de ombros e me vi sentada, por alguns minutos, ao lado do rapaz que havia, como a um criminoso mascarado, descoberto minha verdadeira identidade — não, contudo, de uma maneira grave, mas com uma ironia e uma irreverência que me fizeram pensar em comédias criminais. Então você conhece dança, conheço, mas sou de outra área, o que você faz, sou médico, então como conhece a nomenclatura, é que gosto de todo tipo de arte, *blá blá blá*.

Foi assim, então, que ele se interpôs em minha vida. Não digo nem que *entrou em minha vida*, porque seria lhe conferir uma importância que, afinal, ele não teve. Não quero, quanto a isso, ser melodramática. A gente ficou ao longo dos dois meses que antecederam a estreia, sempre debaixo do constante protesto de Laís, que falava que ele terminaria sendo uma distração muito grande. De minha parte, entretanto, não havia medo algum. Longe de estar apaixonada, eu o recebia em meu apartamento (todas as noites de sábados e domingos) e, ao som de algo que ia de Gal Costa a Röyksopp, tirava proveito do seu corpo e do que ele poderia descarregar de minha tensão. Depois de um ou dois (ou, às vezes, como um socorrista empolgado em usar um desfibrilador em um corpo já reanimado, três) orgasmos, eu chegava ao cúmulo de visualizar, sobre a minha cabeça, uma barra imaginária se esvaziando, descendo e mudando de cor, passando do vermelho-alerta a um verde-escuro equilibrado.

A véspera do espetáculo era também o dia do ensaio geral, mas eu não me sentia particularmente nervosa. Meu corpo havia adquirido, para a execução dos movimentos, uma espécie de automatismo, mas isso ainda não era dança, não enquanto não se qualificasse de uma vigorosa injeção de subjetividade a cada gesto meu, a cada expressão facial. Era justo essa a misteriosa parcela de mim que, subindo de não sei onde e vazando por todas as minhas bordas imaginárias, me fazia ser quem eu era no palco. Era uma área opaca, além de um muro, à qual eu não tinha acesso ou visão — nem queria ter. Não por medo do que eu fosse achar (que coisa mais idiota essa história de *monstro interior*), mas por receio de que, desvelada, a coisa viesse a causar algum rearranjo (ou *desarranjo*) irreversível. Quando as pessoas vinham me perguntar (e elas sempre vinham me perguntar, os olhos transbordando de enlevo) como eu dançava tão bem, eu dava de ombros e logo me afastava da pergunta. Encontrar a resposta talvez fosse como uma rinoplastia para cantoras de ópera: nunca terminam muito bem.

O que me desconcertou na inação de Arthur foi menos a inação de Arthur que uma suspeita antecipada de que ele havia adivinhado esse *algo além do muro*, esse *algo além de mim*. Embora, repito, ele não tivesse um peso afetivo em si mesmo, eu acordara esperando receber notícias suas, um bom-dia, uma mensagem de boa-sorte, um *merda*, ainda que se tratasse de um mero ensaio geral. As horas, entretanto, transcorreram sobre os trilhos de seu silêncio, e aquilo que, de manhã, era apenas uma desconfiança logo se transformou, ali pelo final da tarde, em uma dura e pesada certeza, a cair sobre mim como um tijolo: ele havia sumido de propósito.

Talvez esse seja o ponto mais difícil de entender de toda a história, mesmo para mim. Não o mais crucial — o destroço ainda estava por vir —, mas sem dúvida o mais complicado, não sei se lógica ou cronologicamente. Não sei. Intuir que havia propósito em seu silêncio pressupunha que ele soubesse que iria me atingir, o que era antecedido pela ideia de que ele me conhecia no que nem eu mesma conhecia de mim, porque aquilo contradizia minha inabalável certeza de uma absoluta incolumidade. Ele não me afetou porque me afetou, mas porque *eu achei que pudesse me afetar*. Eu tive *medo de ter medo*, e foi isso o que me desmantelou.

Entrei para o ensaio geral horrorizada, e, sob a ameaça de ser descoberta, a tal parte recôndita de mim vacilava a todo instante, bruxuleava. Meus passos eram mecânicos, desprovidos daquilo que elevava o mero movimento à categoria de arte, de expressão. Eu estava emudecida, e todos perceberam. Ao final, a Diretora não veio falar comigo, e eu percebi que o olhar de leoa faminta da minha substituta havia adquirido uma outra camada, uma córnea de doçura maternal que me nauseou muito. Voltei para casa exaurida, humilhada.

Chegava, então, o dia da estreia. Tambores rufando, o momento para o qual eu havia me preparado ao longo do último ano inteiro — da última vida inteira, na verdade —, me esfalfando em meio a lágrimas, suores e literalíssimos sangues; o momento pelo qual eu me submetera a uma infinitude de sacrifícios, todos a serem devidamente recompensados ali, naquela noite. Os telefonemas de papai e mamãe e as mensagens dos amigos me distraíram tenuemente do sumiço de Arthur, com o qual eu tentava me reconciliar com aquele romanceado a que todo artista se entrega com facilidade: ele havia apenas esquecido, provavelmente passara por um plantão difícil e agora dormia dia adentro, logo mais aparece e me deseja uma boa estreia.

E logo apareceu, de fato. Era final de tarde, faltavam algumas poucas horas para o espetáculo, e eu estava em pé na varanda, tomando um café e cuidando das plantas antes de ir fazer cabelo e maquiagem. A mensagem no celular dizia apenas o seguinte: "Eu não sirvo pra ti. Não me procura mais.".

Eis, então, o ponto crucial, que, ao contrário do vago prenúncio do dia anterior, eu consegui entender de imediato, com uma clareza resignada, mas nem por isso indolor. Arthur buscava, sabe deus e sobretudo o diabo por que razão, me desestruturar, me inabilitar, fazer de minha estreia um fracasso. Algo em mim lancinou, mas não por sua perda. Havia, em seu ato, uma feiura que eu, uma esteta, não consegui suportar. A deformidade do mundo se arreganhava, se descortinava abruptamente, e eu era obrigada a assistir a um violento espetáculo do grotesco — espetáculo outro que acabou por, em mim, tomar o lugar do meu.

Quando eu comecei a cortar essa história, eu pensei em contá-la assim: na noite da estreia, por causa do terrível mal que Arthur intencionalmente me fizera, eu fiquei desestabilizada por completo e, na parte mais difícil de meu solo, levei uma estrondosa queda no palco; parei por alguns segundos, olhando catatônica para a plateia (ou melhor: para o que dela se entrevia através da luz cegante dos holofotes), enquanto a música continuava à minha revelia; nesse instante, eu me levantei e saí correndo aos prantos, no que, de pronto, minha substituta invadiu o palco e tomou meu lugar para sempre, enquanto eu urrava, aos prantos, no meu camarim, a maquiagem borrada, os espelhos espatifados por objetos atirados a esmo por mim. Depois eu descobriria que o pessoal do Bolshoi teria, no meio do espetáculo, se levantado escandalizado e abandonado o Teatro.

Mas não, nada disso aconteceu. As histórias mais tristes são também as mais prosaicas, as que sequer alcançam o *status* de tragédia. Desprovidas de potência ficcional, nem à catarse servem: naquela noite, eu completei a coreografia, mas dancei muito mal. Até mesmo minha narrativa é, aqui, anticlimática. Naquela noite, eu apenas dancei mal. O pessoal do Bolshoi ficou, sim, até o final do espetáculo. Foi então que, tentando sustentar um sorriso esgotado em meio às mesuras de encerramento, eu os vi a me aplaudir. Sentados. Ninguém no Teatro, aliás, estava de pé. Não conheci dor como a que senti ali, e nem conseguiria descrevê-la aqui.

Também não houve nada de magnífico no meu desligamento da Escola. O fracasso da estreia e a perda da chance de uma vida inteira se abateram sobre mim, e eu me senti definhar. Segui dançando insipidamente pelos espetáculos que ainda estavam marcados. No começo do ano seguinte, a Diretora me chamou de novo à sala dela, dessa vez para me comunicar que eu não seria mais a Primeira Bailarina, o que recebi sem surpresa ou reação. Claro, claro, eu continuaria no Corpo de Baile, não precisava me preocupar. Ainda cumpri alguns ensaios e aulas, mas, taciturna, me deixei entrar em eclipse. Parei de aparecer na Escola e me vi presa ao trabalho no Café, apenas para pagar as contas. Outrora ponte, aquele emprego se tornou um poço. Encarava tudo com profundo desgosto. A carência melosa daquelas velhas babonas, os ataques mimados daquelas crianças xexelentas e a sebosidade do flerte descarado daqueles caras escrotos de pau pequeno se tornaram inaguentáveis para mim. Fui demitida depois de pouco mais de um ano, quando eu também já não conseguia mais tomar tantos banhos assim, quando levantar da cama era como sucumbir para cima.

Não é justo, não é justo, não é justo.

Eu estava imóvel no chão da cozinha fazia algumas horas, a mão colocada sobre a coxa. Mexi-me um pouco, e o pano de prato que eu usara como torniquete escorregou e caiu de lado, revelando a profundidade do corte. O sangue estava naquele estágio intermediário entre o fluxo e o represamento, uma malha de plaquetas a formar uma precária rede de contenção. A linha vermelha brilhava e, ameaçando tornar a vazar, parecia formar um caminho.

Um caminho, uma *passagem*.

Aquele pensamento me aturdiu e contagiou de tal forma que consegui me endireitar e sentar ereta, ainda no chão. Alcancei um dos cacos estilhaçados próximo a mim e arranhei com força minha coxa direita. Meu corpo inteiro se imantou, reagiu com eletricidade, como um bebê que arregala os olhos ao provar sorvete pela primeira vez. O arranhado profundo traçava uma fina linha esbranquiçada em minha pele, mas eu não vi sangue. Com mais vigor e mais precisão, cravei o vidro na carne de minha coxa e, tanto quanto pude, o arrastei para o lado.

Fechei os olhos com força e alucinei com cenas muito díspares. Arthur quebrando minha perna em uma fratura exposta, papai tentando me segurar no parapeito para impedir que eu caísse da sacada mas falhando e me vendo espatifar no chão, minhas unhas dos pés caindo aos poucos até o momento em que eu mesma as arrancava. Girei um pouco o caco de vidro cravado em mim. Gritei de dor e despertei.

Naquele mesmo instante, o interfone tocou, e eu senti uma súbita necessidade de fazer que Laís, porque só podia ser Laís interfonando, me visse com a perna toda coberta de sangue. Depois senti muita vergonha, porque pensei que ela talvez achasse que eu estava tentando me matar. Esse movimento de pêndulo me impulsionou a, a muitíssimo custo, me erguer. Atendi o interfone, ouvi sua voz cheia de urgência e de esperança, liberei sua entrada.

O vidro com sangue ainda estava em minha mão. Eu havia fundado algo novo, inaugurava-se uma descoberta, mas agora não tinha tempo e talvez não muita intenção de tentar entender. Larguei o caco no chão, enxuguei minha coxa e, lento passo atrás de lento passo, me guiei até a porta, que cuidei de deixar aberta antes mesmo de Laís chegar.

Coisa Amor
(Koi No Yokan)

Nunca tive certeza
Se coube a ele convidar-me,
Ou eu o convidei.

Tão infinito o nosso vínculo.

Emily Dickinson,
A Branca Voz da Solidão.

Os pequenos fótons da lâmpada fluorescente presa ao teto escaparam pacotes, carregando suas informações, realizando, através do ar, seus caminhos inexoráveis, porque foram aqueles, e não outros, os traçados, desde o começo dos tempos, pelos primeiros choques entre as primeiras menores partículas que, embora num trajeto absolutamente inapreensível, porque divinamente omnímodo, influenciaram-se, colidiram-se, expandiram-se, perturbaram-se em mútua influência, criaram o universo, o encontro, empurraram-se, ao longo da história, de um tal modo específico que, naquele instante, aqueles pequenos fótons da lâmpada fluorescente presa ao teto escaparam pacotes, carregando suas informações, realizando, através do ar, seus caminhos inexoráveis, refletindo o rapaz, refletindo o que seria o rapaz, desviaram o périplo cuidadoso e penetraram córneas, íris, humores vítreos, pupilas, retinas e nervos ópticos da moça, virtualizando uma imagem dele nela, dentro dela, projeção introjetada que o cérebro dela logo tomou para si, desinvertendo-a e construindo, teimoso, uma impressão sua, fazendo ameaçar desaparecer as tais fronteiras entre cá e lá, olho e objeto.

Ela piscou um pouco perturbada, constrangida de si, deixando, porque tinha de fazer algo, o olhar escorregar por outras superfícies, embora, no íntimo, mantivesse-se concentrada na figura que acabara de lhe aparecer — seu corpo lhe acontecia alheio, era tudo, desde os olhos que, por força da natureza, parecendo ver, não mais que captavam ondas, vibrações, cores e formatos então inaglomeráveis, intraduzíveis, até as extremidades nervosas sob os folículos pilosos dos braços que, estimuladas pelas ligeiras perturbações causadas pelo sopro do ar-condicionado sobre os pelos, transmitiam impulsos diluídos em movimentações cerebrais de maior importância, uma mentira: por fora, uma moça íntegra, olhando os ladrilhos do chão, alisando, talvez por frio, os próprios braços; por dentro, a clara dissociação, brutal ruptura, entre experiência e pensamento.

Ela bebeu um pouco, conversou, deambulou angustiada, urgente, em falsa deriva.

O rapaz estava então à sua frente, do outro lado da sala, e começou a se desvendar num crescendo: dentadura reta, mas proeminente, barba marcada, olhos de traço bom, olhar (porque ele a olhou) denso, plúmbeo, não de ressaca, mas, mais, de voragem, um caminhar meio desengonçado, uma voz grave, meio rouca, firme. Ele tinha um jeito, um jeito dele, que ela não conhecia e que, portado por ele, aproximava-se dela, nele e com ele, pois estava ele vindo em sua direção, e ela deveria estar toda concentração em sua vinda, porque agora ele estava a apenas alguns passos, e também toda preparação, pois caso ele, num último instante, desviasse dela e se dirigisse à porta da sala para ir embora ou à bancada da cozinha para pegar mais cachaça, ela teria de relaxar a tensão de seu diafragma de forma discreta, quase imperceptível a ele e aos amigos que estavam na festa de aniversário de um outro amigo, o amigo em comum, pois sua presença e aproximação lhe haviam causado tamanha tensão a ponto de suspender brevemente a respiração, uma de suas funções vitais mais vitais, tão vital que o corpo havia tido a fina sabedoria de lhe conferir autonomia nervosa parassimpática, autonomia que, entretanto, como agora, era submetida a alguma interferência volitiva, se é que era por vontade que ela prendia a respiração e não por pressão outra, vinda agora do sistema simpático, e agora ele estava a menos de três passos, mas não havia nem preparação, nem concentração, pois logo elas, a preparação e a concentração, tombaram uma na outra, descarrilharam e tomaram o rumo de uma memória de quando estava sozinha em casa e encontrou um escorpião debaixo da última gaveta do armário, parou com medo e excitação diante do bicho, tremendo com ódio porque ele (o bicho) havia aparecido e não sumiria até que estivesse não outra coisa menos que morto, esmagado sob uma vassoura, um sapato, um livro pesado, porque ela não o conhecia, não conhecia os seus jeitos, e ele tinha um jeito, um jeito dele, até que ela o cutucou com a própria gaveta tirada do armário, e o bicho, com movimentos de chicote do aguilhão em todos os sentidos e direções, movimentos que muito a surpreenderam, porque ela achava que o ferrão se movia sobre um eixo longitudinal ao corpo, se é que era um corpo aquilo, à estrutura, ao exoesqueleto, que seja, do escorpião, veio correndo para cima dela, e ela só pôde entender que ele era mais rápido, muito mais rápido que, por exemplo, uma barata, que ela já conhecia, quando, no átimo de segundo posterior à picada, ela compreendeu que não teria podido se preparar por mais que se concentrasse, porque só se conhece a picada de um escorpião depois de se ter sido picada por um escorpião.

— Oi.

O rapaz então a evocou, a puxou para fora de si, e ela relaxou, tirando proveito da liberação de tensão de seus músculos, caiu-se toda sobre o quadril direito, voltou a respirar parassimpática, o ar que agora carregava o cheiro dele, partículas dele e portanto pedaços ínfimos dele aspirados, entrando calmo por suas narinas, excitando as células sensoriais receptoras e atravessando as vias respiratórias superiores, turbilhando-se breves em suas conchas nasais, esquentando-se, umidificando-se, depois descendo até os pulmões (que se expandiam e se retraíam conferindo aos seus seios à mostra apenas em seus contornos internos, sugestões convexas, um suave porém nítido sobe-e-desce), onde então se espraiava em mil ramificações e subramificações, brônquios, bronquíolos e alvéolos, uma verdadeira árvore posta de ponta-cabeça, cuja estrutura capilarizada proporcionava a troca, ganho e perda, de pequenas moléculas com outras pequenas moléculas de pequenas células da corrente sanguínea, que, bombeada em sístoles e diástoles pelas estrias musculares cardíacas sob a batuta rítmica do nó sinoatrial, que disparava impulsos elétricos contínuos e também improváveis, improváveis porque, sendo elétricos os estímulos, era surreal que, de dentro do seu tórax, como se de uma máquina, produzisse-se a todo instante uma pequena eletrocussão que lhe marcasse o passo, correria por todo o seu corpo e irrigaria toda a sua carne, todos os seus músculos, que, liberados da tensão de segundos antes, encharcar-se-iam de um bom sangue agora quase filtrado de cortisóis, então ele em parcelas estaria também nela e correria por ela sem que nem ainda a houvesse tocado.

Mas, depois de alguma conversa, as cordas vocais dele vibrando em oclusões e ângulos específicos durante a passagem da respiração por sua laringe e chegando até os ouvidos dela pelos deslocamentos de ar, da massa de ar entre ele e ela, que lhe alcançava os tímpanos, que retumbavam aos milímetros e, assim, chacoalhavam ossículos, cristais e cóclea, causando-lhe essa impressão sonora que era achar que estava ouvindo a voz dele, ele a tocou, roçou os dedos da mão direita em seu rosto e, indo adiante, cruzou-lhe o emaranhado de matéria morta que lhe descia em fios negros da cabeça aos ombros e que, mesmo morta, fez que descesse, viva, agora por dentro, uma onda eriçante que arrepiou a moça inteira enquanto ele aproximava o rosto dele ao dela, enfiando-lhe entre os dentes, à luz da cavidade bucal, uma língua que com sua própria língua ela teve que domar, pois começara avançando demais, ameaçando ir garganta adentro, ao que ela cerrou um pouco os lábios e ele retrocedeu, mudando também a velocidade com que, sem descolar o rosto dele do dela, girava para um lado e para o outro a cabeça, e o beijo, que agora seguia num ritmo que parecia emular a câmera lenta de um filme, acelerou nela uma reação que lhe vinha de baixo a cima, como se seu mais baixo ventre fosse puxado para dentro da cavidade corporal por uma força de vácuo, ventosa, e ela aos poucos fosse inteira se invaginando mas também dilatando, latejando e, em úmida produção, antecipando algo que ali, na frente de todos, não poderia acontecer, não além do simulacro de então, as mãos dele pressionando os flancos dela, ela arqueando as costas enquanto fincava os dedos nos braços dele.

Passaram a festa inteira juntos, cantaram parabéns, olharam o mar, o céu estrelado, falaram sobre poesia etc.

Na cabeça da moça, muito dentro da cabeça da moça, através de pele, osso e meninges, um primeiro ponto se iluminou e, num pulso, propagou uma pequena corrente de lampejos que, neurotransmitida, atingiu um outro ponto que também se iluminou e atiçou um terceiro, que acordou um quarto, que ecoou em infinitos e simultâneos outros axônios e dendritos, pululando e cointegrando, em cinzentas e brancas massas, uma complexa e acesa malha em rede, que fez eclodir inundante desde inúmeras membranas e por todo canto uma torrente de pequenos códigos flutuantes, dopaminas, endorfinas, adrenalinas e serotoninas que se combinaram numa quantidade muito exata e que, enquanto o rapaz se despedia dela prometendo voltar a a encontrar no dia seguinte e conferindo a ela, porque guiava seu corpo inteiro ora suprido de toda falta a uma muito específica direção que era a direção dele, um sentido, traduziam-se, entre entranhas, como amor.

O Peso de um Mundo

— O que você faria se eu morresse hoje?!
— Eu morreria amanhã.

Eu Matei Minha Mãe (2009), Xavier Dolan.

Quase deslizando da beirada da cadeira, entre ajoelhado e sentado, o rapaz tentava acalmar a moça. Apertava seu braço, passava a mão em seus cabelos, comprimia suas mãos. Assim que primeiro os vi, soube que eram irmãos, a pele muito branca, cheia de sardas destacadas pela luz branca do hospital, o nariz judeu meio bobo, quase triste. Havia em redor deles um ar de suspensão: ela se balançava para frente e para trás, ele mordia os lábios de angústia. Assim como eu, esperavam notícias da enfermeira de plantão.

Ainda àquela manhã, o médico me dissera que minha mãe não demoraria muito a morrer. Eu estava lendo um livro quando o telefone tocou. Assustei-me, levantei-me rápido demais e, como de praxe, minha pressão caiu. Enquanto o médico, com voz de robô, fazia suas vezes de arauto sinistro e, aos poucos, eu compreendia a gravidade da mensagem que ele queria me transmitir, o negro-estrelas de minha visão turva foi se diluindo — no que, pensei com certo enjoo, pareceu-me uma revelação. Ou, para ser fiel (ao que um dia eu fui), uma epifania.

Desliguei o telefone em pânico. Teria de reencontrar minha mãe depois de mais de 30 anos sem vê-la. Por um desses instintos de origens misteriosas, corri até à velha caixa de sapatos que, mais clichê impossível, eu guardava no fundo do armário. Revolvi as lembranças do passado com mãos firmes (justo eu, que sempre as tinha tão trêmulas). Boletins de colégio, medalhas de vôlei, redações antigas. E, então, a foto. Ainda estava lá. Amarelada pela inescapável ação dos anos, mas ainda lá. O único foco de luz da cena, vindo do alto, sugeria formas dramáticas. Num rosto absolutamente altivo, mamãe mantinha uma expressão dorida e serena. Com vigor, a perna direita sustentava o tronco rijo, mas leve, que ia se alongando, quase onírico, até a ponta de um súplice indicador. Do outro lado, num belíssimo e (muito seu) inesquecível *arabesque*, sua perna esquerda era um obelisco.

A enfermeira me chamou para vê-la. Entrei no quarto de hospital cambaleando. Minha mãe estava deitada, muito gorda, imensa, a cabeça completamente encanecida, os cabelos crespos, estragados. Senti uma terrível vontade de chorar, mas mordi minhas bochechas. Aproximei-me e pude ver seu rosto redondo, agora murcho, marcado de uma adolescência maltratada, repleto de rugas e de manchas. Fiquei a observá-la por um tempo. Cerrei os dentes com tanta força que senti o gosto de sangue se pronunciar em minha língua.

A verdade é que ela havia enlouquecido. Ninguém nunca soube em que época aconteceu, se na infância anulada por pais desafetuosos, se no casamento desastroso e precipitado, fruto do mau fruto natimorto, boiando afogado em carências irresolvíveis e eclampsias. De qualquer forma, depois de seu divórcio, fomos morar juntos, só nós dois. Ainda quase um menino, assisti, da primeira fila de um teatro vazio, a minha mãe definhar, padecendo de algum tipo incontrolável de esclerose d'alma — primeiro, a depressão, os dias inteiros dormidos, a sofreguidão por açúcar, os choros que eu ouvia nas madrugadas doravante insones; depois, o afã religioso, o delírio, a distância (eu poderia dizer: a terra devastada), a decadência profissional, as demissões, as tentativas, fingidas ou não, de suicídio.

Quando me dei conta, eu havia me tornado o esteio único e improvável do peso do mundo, do peso de um mundo. De uma vida inteira, a vida de minha mãe — que, com o tempo, devorou e se fez minha própria vida. Esforcei-me o que pude: acompanhei-a à igreja, me converti, deixei que me colocasse as escamas nos olhos. Motivava-a em suas dietas inúteis, apoiava seus sonhos e planos que ela nunca conseguiu pôr em prática. Fui eu quem, mais de uma vez, recolheu as caixas de remédios vazias, fui eu quem ligou para meus avós quando, com fósforos e álcool na mão, ela ameaçou tocar fogo no apartamento. Doía-me amá-la, mas ela era tudo o que eu tinha. Eu, um pré-adolescente feioso e solitário demais, deixando-se, de amor e de medo, vampirizar pela própria mãe.

Um grito de terror atravessou a porta do quarto do hospital. Sequer me movi. Soube, incontinenti, que haviam chegado as notícias que a moça e o rapaz aguardavam. Com o barulho, minha mãe se virou e, ainda dormindo, deixou o braço roliço e flácido pender para fora da cama. Perguntei--me se deveria acordá-la, mas a lembrança de seus olhos, que tanto se pareciam com os meus, comoveu-me de tal forma que, num reflexo, virei o rosto.

Nosso último encontro havia sido terrível. Eu já era um adulto, e há muito havíamos cortado relações. Acordei com a campainha insistente. Olhei através do olho mágico e, sem fôlego, retrocedi alguns passos. Não sei como o porteiro havia permitido sua entrada, mas, julgando estar invisível, minha mãe estava encolhidinha rente à porta, como uma criança que, de pés aparentes, esconde-se atrás da cortina. Eu gritei que sabia que ela estava ali, pedi, por favor, que fosse embora. Ela então chamou meu nome, implorou para voltar a morar comigo, disse que todos a tratavam muito mal. Estava passando fome, os enfermeiros batiam nela, os loucos batiam nela. Eu sabia que, no instante em que abrisse a porta, meu mundo deixaria de ser meu. Neguei sua entrada, ela gritou, chutou a porta, começou a chorar transtornada. Ela ouviu quando, do outro lado da porta, eu liguei para o hospital psiquiátrico e reportei sua fuga. Então foi embora, ainda aos gritos. Da janela do apartamento, pude vislumbrar uma parte das ruínas de minha mãe: o passo errático, as roupas rasgadas, as costas gordas, o cabelo desgrenhado, que ela ia revolvendo com as mãos desesperadas de quem não tem ninguém.

Ainda mordendo minhas bochechas, eu realmente achei que não fosse chorar. Observei sua figura miserável por um tempo. Então percebi. Pisquei muito, tentei obnubilar meus sentidos, mas era tarde, eu já havia percebido: a mão que pendia da cama, viciada de anos (e de quem se é), tinha os dedos médio e anelar levemente contraídos, como as bailarinas fazem quando dançam. Andei assustado para trás e caí sobre a poltrona — e, então, silencioso e lancinante, chorei como chorei na noite em que, num lapso de razão, ela me pediu para interná-la, chorei como chorei de arrependimento no dia em que a expulsei. Chorei, por uma meia hora chorei as dores e as saudades de quem sabe que vai ser eternamente atormentado por culpas ancestrais.

Meu rosto doía. Ela não acordara, e eu realmente preferi que fosse assim. Era a última vez que veria minha mãe. Combalido, caminhei de volta até o sofá da sala de espera para acompanhantes e visitas. *O homem é, por desgraça, uma solidão: nascemos sós, vivemos sós e morremos sós*, disse o Torga, num lance de cruel lucidez. O rapaz e a moça ainda estavam lá. Abraçavam-se em meio a soluços, o nariz judeu quase triste, de repente belíssimos, os dois. O rapaz foi fechando os olhos úmidos, a moça foi recostando a cabeça no ombro dele. Então, na frente de todos, adormeceram. Não acreditei no que via, olhei constrangido para os lados. Depois entendi. Era exaustão, mas era sobretudo alívio. Morto fosse lá que parente eles haviam ido visitar, finalmente poderiam ter algum descanso. Respirei fundo, observei-os por um tempo e, sem avisar nada à enfermeira, fui embora do hospital.

Minha relação com Luiz António guarda, ainda hoje, um quê de inexplicável, mesmo para mim. Não foi por ele que, na vida, mais estive apaixonado — embora a certeza disso só tenha ganhado forma muito tempo depois —, nem foi com ele meu relacionamento mais longo ou mais importante. Apesar disso, guardo esfumada lembrança de como o término de nosso namoro, se é que namoro foi, me infligiu um sofrimento, uma devastação que, à época, eu desconhecia e que, desconfio, acabou por marcar para mim um limite, um traço abrupto entre fases muito distintas de minha vida.

Eu o conheci durante a transição entre a empolgação pelo final da faculdade e a falta de perspectiva que viria com o pós-formatura. O sentimento de antecipação se traduzia, intercaladamente, em momentos de gloriosos frenesis e de acachapantes ansiedades, o que, num e noutro caso, jovens como éramos, levava sempre à bebida. Vínhamos de uma geração dada a extravagâncias alcoólicas, que retomavam e entretanto subvertiam a tradição de nossos avós, que se embebedavam, mas sempre terminavam derrapando em cirróticas adições. A era de nossos pais parecia ter reagido à de seus genitores e conscienciosamente aniquilado a relação com qualquer tipo de psicotrópico (à exceção, claro, dos tarja preta). Era o que eu chamava de Geração dos Bancários, a Classe Média Aldeota, satisfeita em galgar degraus numa carreira em algum banco público, satisfeita em sair às 18h do expediente e vir estirar as pernas para ver novelas a noite inteira. Eu e meus amigos, ao contrário, partilhávamos de uma ambição que eu ainda não entendia vã, vivíamos imersos numa megalomania autocondescendente, em que acertar era consequência óbvia e imediata dos incontáveis esforços, das aulas de inglês, francês, alemão, do *Magna Cum Laude,* da literatura russa que líamos e do cinema sueco a que assistíamos, e errar era uma má e estrangeira ventura, que invadia nosso pequeno reino de grandes conquistas sem que houvesse nisso qualquer partícula de responsabilidade de nossa parte.

Num e noutro caso: álcool. Achávamos, ingenuamente achávamos que, ultrapassados todos os fantasmas avoengos, estaríamos imunes ao vício. A quantidade de colegas que, passados alguns anos, tornou-se alcoólatra veio, claro, a depor pelo contrário, mas eu mesmo nunca estive numa zona de risco, pois meu corpo nunca aguentou muita bebida — ou, e a diferença aqui é sutil, *eu* nunca aguentei muita bebida. Minha relação com o álcool encontrava um precoce limite em duas, três caipirinhas, mas isso tinha menos a ver com minha fisiologia corporal que com uma incapacidade de saber corromper ou ao menos driblar o intrincado sistema regulatório em que tão facilmente eu me sufocava.

Por ser um dia de semana, era extraordinário que eu tivesse me permitido sair. Pela mesma razão, não poderia beber mais que duas cervejas — destilados estariam proibidos, e vinho eu só vim entender depois que abandonei o calor renitente de Fortaleza (muito embora aquela noite viesse a terminar *tinta*). Um colega havia me chamado para uma volta na Beira-Mar, e eu aceitei por uma única razão: conhecer Luiz António, que, recém-aceito em nosso grupo de amigos, vinha inspirando curiosidade em todo o círculo social próximo. Não fui imune a isso.

Toda circunstância social me oprimia, mas os meandros psíquicos que resultavam disso desaguavam em um personagem extrovertido e falastrão, hiperbólico, dramático demais, teatral demais, buscando a todo custo ditar, com um humor autodepreciativo, o ritmo da noite. Era, hoje eu penso, uma solução desagradável para a maior parte dos meus amigos de então, muitos dos quais deixei de receber notícias há décadas (ainda bem), mas era também uma desonestidade involuntária, era uma parte de mim tentando passar a perna em uma outra parte de mim, vencida aquela que levava meticulosos trinta minutos para se arrumar, que me fazia respirar difícil e começar a suar muito se esbarrasse com algum conhecido na rua, que me obrigava, a todo instante, a reajustar a camiseta em meu torso, a pentear as sobrancelhas e a passar a ponta dos dedos no nariz para retirar a oleosidade acumulada. Quando essa parte prevalecia, entretanto, o resultado não era menos incongruente: toda a pequena orquestra de ansiedades e tiques nervosos desabava sobre si mesma, sobre mim, e eu me calava, me dobrava e desaparecia em solipsa mudez.

Estavam todos sentados no meio do Aterro. Assim que eu os avistava, era como se eles também me avistassem, então eu me aprumava e passava a calcular cada passo meu, engolindo e contraindo a barriga. Passava rápido a mão no nariz para tirar o óleo, puxava a camiseta pelos ombros uma, duas, três vezes. Só parava quando sentia que estava parecendo um *doidinho*. Naquele dia em particular, eu tinha de enfrentar o desafio de atravessar o areal sem deixar cambalear meu corpo molenga. Cheguei até eles esbaforido, suarento e nervoso. Falei com todos um a um, Luiz António por último.

Ele não era um rapaz propriamente bonito, embora eu tenha aprendido a me fascinar com seu rosto durante nossa curta temporada, sobretudo depois de ele ter me mostrado uma foto sua de quando criança. Ele estava em um coreto com o pai e a mãe e vestia roupas nitidamente inadequadas a um menino da sua idade. Eram largas demais para sua estrutura franzina e remetiam à indumentária de um adulto, as calças de alfaiataria, o pequeno colete sobre a camisa social. Ele ria ali com uma meninice muito comovente porque era também muito inadvertida de tudo o que viria a lhe acontecer. Aquela imagem, desde que a vi, imprimiu-se tão forte em seu rosto que hoje, quando me concentro para retomar seu semblante, é ela que intrusa me aparece. Um rosto envelhece não só de tempo, mas também do testemunho que dá de tudo o que sofreu, de cada espanto, de cada choro. E, se dá esse testemunho, é porque se resigna em não poder voltar a ser o que era. O rosto de Luiz Antônio, contudo, parecia querer me dizer sempre o contrário. Às vezes, num lampejo, sua feição de menino coruscava em seu rosto de homem, e a trágica doçura que havia nisso quase obliterava o seu real sentido, que era o de um protesto, de uma irresignação profunda e dolorida demais para que eu — e talvez ele mesmo — pudesse entender.

Luiz Antônio atraía toda a atenção para si, como sempre fez e sempre faria. Havia uma incandescência em sua inteligência, em sua palavra, que ele munia de um charmoso domínio do próprio gesto, estudado para ser gentil e firme. Ele contava com muito humor uma história engraçadíssima e um tanto absurda, que culminava com sua analista penteando seus cabelos durante a sessão de análise. Ele teria estado lá, em meio à associação livre, quando sentiu "um objeto polidáctilo invadindo seus cabelos" (em sua exata expressão) e se virou para flagrar a terapeuta com a escova em punho.

"E o que tu fez?", perguntei, já muito investido.

"Me deitei de volta no divã e pedi para ela pentear com mais força!"

Todos riram muito, mas eu cheguei ao ponto de me dobrar, derramando a cerveja em cima de mim.

"A senhora gostou, né?".

Luiz António chamava a todos os rapazes de "senhora" sempre que tentava passar irreverência. Logo nos engajamos, eu e ele, numa discussão sobre psicanálise e astrologia. Seu ascendente coincidia com meu sol, ambos em câncer. Ele tentou escapar fazendo uma piada meio infame, que relacionava o melodrama do signo ao sofrimento da doença homônima. Eu o interrompi e falei sobre etimologia, sobre grego clássico, sobre o segundo trabalho de Hércules, sobre o grande caranguejo, arquétipo de dura casca para proteger uma carne tenra, adocicada. Falei também sobre o outro símbolo do signo, duas metades que falseiam se completar, num giro que, contudo, não encontra o próprio fim. Percebi que a conversa havia se tornado demasiado grave, então emendei com um "parece um 69". Mas era tarde demais. Ninguém riu, e Luiz António agora me perscrutava como quem reencontra algo não pela via direta (porque há, nisso, celebração), mas *in effigie*, como uma lembrança de que se ressente por ser não mais que um simulacro do que se perdeu.

Eu tentei desconversar, mas agora foi ele quem decidiu não me deixar escapar. Ele disse que a psicanálise era trágica porque sua palavra fundante, sua palavra primeira, também recorria aos astros, dessa feita não para apascentar, como parecia querer fazer a astrologia, mas para constatar que sempre brame muito a desolação de ser humano: *desejo* remetia a *sidere*, estrela, do que *con-siderar* era mapear estrelas para encontrar uma direção, e *de-siderar*, *desejar*, portanto e ao contrário, era navegar sem faróis, era navegar senão sob o norte de uma bússola interior através do negro breu da noite.

Nossos olhares se emaranharam por alguns segundos. A areia em que estávamos sentados ainda era morna, mormacenta, e o calor que subia dela não era tão facilmente dissipado pela brisa fria e cheia de maresia que chegava até nós como o hálito do insistente monstro rugidor que era o mar. Pensei na Hidra de Lerna e tentei desviar meu olhar. Foi inútil. Urdíamos involuntariamente uma delicada trama de preciosos fios, tecia-se entre mim e ele uma rede que era tanto embalo quanto armadilha.

Os amigos foram todos se despedindo, enquanto arranjávamos, a cada despedida meio trôpega (todos já muito bêbados), desculpa para sobrarmos ali, eu e ele, sozinhos. Aproximava-se a meia-noite quando nos levantamos, sacudindo a areia de nossas bermudas. Ele me chamou para ir até sua casa, que ficava a poucos quarteirões, e eu assenti com medo, com expectativa.

Caminhar pelas ruas de Fortaleza me era, mesmo naquela época, uma atividade profundamente ansiogênica. Eu tinha a impressão de que a noite da urbe arreganhava dentes e garras e vomitaria seus perigos sobre mim. Minha testa suava, faltava ar, o ar não vinha. Luiz António percebeu meu nervosismo e reagiu da maneira correta. Se ele tivesse me dado a mão e me conduzido por aqueles três quarteirões enevoados de mar, de ressalga, talvez eu tivesse dado meia-volta e decidido ir para casa; em vez disso, ele soltou um "e a senhora tá é com medo, é?". Ri muito e, afinal, relaxei, porque imaginei que, na cabeça dele, o que me assustava era a tensão sexual — reação completamente aceitável —, não aquele execrável, branco e elitista temor da violência urbana.

O apartamento era de sua tia — na realidade, de sua tia-avó, que ele entretanto chamava de tia, Tia Gabi, pronunciado por ele com a tônica deslocada, à maneira hispânica, Tia *Gábi*. A mobília da casa parecia antiquíssima e muito distinta, mas um pouco pesada. Ele explicou que se tratava de móveis que desceram gerações e gerações até chegar ali. O grande espelho na sala, o aparador próximo à porta, a mesa de jantar de madeira de lei, as plantas na varanda em largos vasos colocados no chão, tudo remetia a um aconchego de vó. A um só tempo, aqueles objetos me alienaram e trouxeram de volta, num movimento de ioiô que, contudo, não apagou a imediata ternura que me surgiu por Tia Gabi.

"Por que você não mora com sua mãe?"

Assim que eu fiz a pergunta, arrependi-me muitíssimo e internamente me retraí, como quem acaba de derrubar uma fina louça e sabe que, em dois segundos, será improvável que não se espatife na queda. Ele olhou para mim sem responder nada e só então pegou em minha mão, conduzindo-me até seu quarto. Ele me sentou em sua cama e, antes de me deixar sozinho ali, colocou uma música para tocar. A introdução começava com um diálogo dramático e meio dissonante entre um baixo que parecia anunciar um cataclismo e um instrumento de sopro que, embora ainda meio errático, parecia lutar por tomar a forma de uma Boa Nova. Ao tempo em que a melodia começava a deslizar, entretanto, ela vinha carregada de uma tristeza saudosa, como se a vitória do sax — era mesmo um sax? — sobre o outro instrumento fosse agridoce, como se ele não tivesse realmente querido ganhar. Aquilo me feriu muito, não soube dizer o porquê. Luiz António voltou com duas taças de vinho.

"Só tinha tinto. Vamos ter que aguentar o *calor*.".

Era mais uma piada. Se bem que não tenha me feito rir, sua fala me despertou da hipnose musical. Aceitei o vinho e bebemos um pouco, mas logo ele se levantou e tirou a camisa. Eu vi uma marca, uma mancha tomando todo o lado esquerdo do seu peito. Pareceu-me um imenso hemangioma, ou talvez uma cicatriz malformada, uma sutura médica recente, um remendo costurado. Fiquei alarmado, tive imediato pavor daquilo. Meu impulso foi o de me levantar e me colocar o mais próximo que pude dele, tudo para não ter que fazer o que eu achava seria uma terrível, quimérica descoberta. Comecei a beijá-lo, e, com a chegada da percussão, a música se derreteu e depositou por todo o quarto, sem, entretanto, nunca ceder na dor que transmitia. Transei de olhos fechados. Foi uma experiência muito forte para mim, talvez o mais próximo que tenha chegado de uma religação, de uma *religião* no sentido mais carnal da palavra.

Ao final, nos deitamos abraçados e nus, e ele disse que quem nos olhasse de cima naquele momento provavelmente seria remetido à gravura de Escher. Só então eu abri meus olhos. Em seu peito, vi uma moça desenhada apenas em suas bordas, delineada com traços vermelhos e verdes. Ela sugeria uma posição lânguida, sonolenta, um braço esticado como se se espreguiçasse, o outro trazido ao rosto de punho fechado sobre o olho, à semelhança de quem o esfregasse ao acordar. Seus seios — a tatuagem não ia além disso — eram dois róseos borrões. Eu fora nocauteado pela música, mas me senti imensamente grato pela comoção estética que o desenho me causou, a ponto de hoje, uma vida inteira depois, tê-lo, em suas linhas e cores, vívido e brilhante, destoando do relicário desgastado de minha memória já obtusa.

"Foi uma homenagem que fiz a minha mãe."

Tão obtusa que, aqui, começa a falhar. Sei que, naquele momento, ele disse que a tatuagem era de autoria de um artista espanhol. A obra tinha inclusive um nome, mas isso virou cinza e se espalhou num longo e demorado vento de esquecimentos, que levou também consigo quase tudo o que vivemos depois, ao menos até o dia em que, uns dois meses adiante, ele terminou nosso namoro.

Quanto ao *durante*, sei, se a memória não busca me enganar, que quem o pediu em namoro fui eu, num ritual meio solene de mútua coroação. Eu comprara duas coroas de metal fajuto em alguma loja infantil de fantasias, e esperei o momento em que ele aceitou o pedido para tirá-las do piso do meu carro. Eu mimetizava uma fotografia que encontráramos uma vez em uma galeria: em preto e branco, dois rapazes portando coroas se abraçavam seminus. Embora simples, era uma imagem muito forte. Construíamos promessas que nem ele nem eu, hoje entendo, poderíamos cumprir. Quando reflito um pouco sobre o tempo em que eu e Luiz António estivemos próximos, sou levado a crer que acabamos substituindo a *ética*, que é essa dura pena de que se sustenta o amor, por uma *imagética*. Gozávamos com delícia e muita irresponsabilidade do mesmerizante ludíbrio do que era belo, mas a beleza, depois me disse César Moro, é um *vício maravilhoso da forma*, e uma imagem, por mais fiel que seja, constitui-se essencialmente em equivocidade e engodo.

Na noite em que nosso namoro terminou, Luiz António não chorava. Logo entendi que ele se continha para não ter outro *episódio*, mas a ascese com que contou aquela história terrível foi brutal para mim. Eu tentei fazer carinho nele — reparando bem, foi aquela a última vez em que o toquei —, mas ele fechou os olhos, contorceu a cara, começou a retorcer todos os dedos das mãos. Eu me recolhi muito assustado e deixei que ele falasse livremente. Presumi que eu não poderia esboçar muita reação, pois isso também o posicionaria *à beira de*. Escutei a tudo calado.

Ele me contou de como sua mãe enlouquecera alguns anos antes. A mulher no coreto o havia vestido daquele jeito porque insistia que o pequeno Luiz António era a reencarnação de seu finado pai, homem que a havia iniciado e instruído na mediunidade, dom aflorado ainda na adolescência, quando começaram também os terrores noturnos, atribuídos aos obsessores. Quase todas as noites, sua mãe gritava como se alguém trucidasse sua carne. Era comum que ele a visse em rompantes destrutivos — ela corria pela casa arremessando o que encontrasse pela frente, quebrando pratos, quadros, cadeiras —, supostamente incorporando espíritos. O pai de Luiz Antônio não suportou e abandonou a criança à própria sorte, que acompanharia, doravante, a sorte da mãe.

Depois disso, sua mãe se estabilizou, mas passou a visitá-lo todas as noites para sessões muito peculiares de contação de histórias para dormir. Ela começou ao modo de quem ronda, afirmações sutis sobre como todos os homens eram crápulas, sobre como sexo era supervalorizado, sobre como ele também descobriria que foder não lhe daria prazer algum e que na verdade era uma coisa muito nojenta. Depois passou a narrar com muita minúcia como o pai de Luiz Antônio a espancava todas as noites, explicando que aquele era o real motivo dos seus suplícios noturnos; meses depois, passou a reencenar para o filho tudo o que teria sofrido, rasgava a própria roupa, jogava-se ao chão, uma ou outra vez terminou completamente despida e veio abraçá-lo suada e chorando. Às vezes, ainda nua, ela espancava o menino, e isso durou alguns anos.

Àquele ponto, sua mãe estava internada no *Mira y López*, o célebre hospital psiquiátrico de Fortaleza, hoje há muitos anos fechado. Depois da terceira tentativa de suicídio — o rapaz havia chegado em casa e encontrado a mãe deitada na cama dele, agarrada a uma bíblia em meio a dezenas de caixas de remédio, —, ele decidiu interná-la. Nesse momento do relato, ele começou a suar e logo se corrigiu: a decisão havia vindo de sua mãe. Ainda no hospital, após o trauma de ter um longo tubo enfiado goela abaixo para lhe lavar o estômago, ela o segurou pelos pulsos e, em um já raro laivo de lucidez, chacoalhou-o, perguntando se ele deixaria que ela destruísse a vida dele. Ela implorou para ser internada, e ele foi aos prantos conversar com o chefe da psiquiatria.

Aquela ausência o assolou com inclemência, e sua mãe passou a acossá-lo de todo jeito. Ele me contou de como a imagem dela começou a surgir quando ele se masturbava, de como era inimaginável a agrura de se olhar no espelho e não conseguir distinguir o próprio rosto do rosto da mãe. A tatuagem havia sido uma tentativa falhada de fuga, embora a violência da agulha penetrando a pele tenha lhe conferido uma sensação de limite, de contorno, que pôde, por alguns meses, velar sua tão fundamental recusa. Ele havia conseguido se tornar um jovem adulto minimamente funcional, mas logo decidiu voltar a ver a mãe. Traía a si mesmo porque ao corpo não se trai. Não havia escolha.

No começo, as visitas se deram mês a mês, mas logo se tornaram constantes e, afinal, diárias. Os médicos viam com ótimos olhos a iniciativa do filho e logo assistiram a uma bonita melhora da mãe de Luiz António. Ele me disse que ninguém nunca suspeitou do que *de fato acontecia ali* — e então parou de falar. Ele tremia muito, e eu não ousei tentar preencher aquele silêncio. A algumas histórias só se pode conhecer com lacunas, do contrário são insuportáveis. Ele me disse que bastaria concluir com o episódio de seu surto definitivo. Depois de alguns anos, durante uma daquelas *visitas médicas,* ele apagou. Quer dizer, não que tivesse desmaiado, mas, de uma maneira menos óbvia, havia *perdido a consciência*, pois não guardava recordação do acontecido. Ele e sua mãe haviam sumido, os enfermeiros estavam em polvorosa à sua procura. Foram encontrá-los algumas horas depois, após arrombarem a porta de um depósito que ficava dentro do refeitório. Ele estava completamente nu e recolhido sobre si mesmo no regaço da mãe, que o segurava passando os braços por debaixo de suas coxas. Ela, também nua, tinha a cabeça jogada para trás e fazia um barulho contínuo, solfejando o que parecia ser uma canção de ninar. Em seu colo, como se mamasse, Luiz António sugava o seio da mãe.

Eu não precisei que ele continuasse a história para entender que o meu amor, que *todo* amor chegaria até ele atravessado ao desafio impossível de se livrar da própria mãe. O molde primeiro não poderia ser quebrado porque era naquele molde que ele também guardava toda a substância de si; sem aquilo, ele se tornaria uma carcaça esvaziada. Todo carinho e todo cuidado que viesse a conhecer estariam, de saída, destinados à ruína, colados à imagem daquele primeiro, inelutável amor. Ele se despediu de mim sem me olhar nos olhos, estava com muita vergonha. Sabíamos que, por ter compartilhado aquela história, ele nunca mais tornaria a falar comigo.

O sofrimento que experimentei nos dias seguintes foi — e ainda é — inominável. Chorei ao ponto de ver esgotadas as lágrimas, ao ponto de ter de segurar o vômito. Arrastava-me pela casa sem direção, sem norte, então me deitava onde pudesse, no sofá, na cama, à mesa da sala. Minhas melhores amigas me ajudaram, minha irmã e seu noivo se preocuparam muito, trouxeram-me comida. À época, imaginei que minha dor tinha origem no término de nosso namoro, no fato de subitamente me ter sido interditado o acesso a ele, a seu corpo, a sua erudição candente. Não era disso que se tratava, e custou-me muito entender. O luto era outro. O menino que nele persistia, e persistiria sempre, precipitou em mim a despedida de minhas próprias ocupações de menino, e o que aquela dor forjava em mim era o protótipo de um homem. Ser adulto, eu viria a descobrir, é sobretudo aprender a se render ao ofício de um iconoclasta, em que o fim de tudo é abandono e perda. Não é tarefa fácil.

Cerimonial

Renata — cujo nome completo omito por razões legais — é ainda uma moça. Adulta, adulta formada, já, mas ainda o que se pode chamar de *moça*. Sua pele, se bem que não chegue a ter brilho, ainda é firme, viçosa, aderida aos contornos do maxilar bem desenhado e da fronte arredondada, feminina. Seus cabelos (a que, em instantes, vou dar mais forma com cremes, óleos ou géis) remetem ao mel não só na cor, mas também na textura densa, quase viscosa, de ondas lentas, chamando a atenção pela franja esparramada sobre a testa, à maneira de um leque defeituoso que, aberto, não pode tornar a se fechar. Seu nariz é pequeninho e separa, com simetria, os dois olhos oblongos, duas amêndoas tristes cuja tonalidade, como sempre prefiro, não me dou a conhecer de perto.

A pele de seu corpo é branca, muito mais branca agora, sob o frio do ar-condicionado que, nos abrigando do calor de fornalha além das quatro janelas do recinto, insiste, sem sucesso, em fazer a delicada penugem dourada de seus braços se eriçar. Renata tem seios bojudos que surgem repentinos, como uma sirene disparada em alerta, mas é magra o suficiente para que seus ílios despontem de seu ventre doce como duas naus secretas, ainda emergindo em retorno de algum místico reino submarino, prontas para singrar a rota azul de cada veia sua e encontrar, em lugares insuspeitados — em suas mãos mínimas e cheias de nostalgia, em seus joelhos vesgos, que lhe dão um comovente ar de embaraço —, algum tesouro enterrado, relegado ao olvido do périplo cotidiano.

Antes de começar, tento adivinhar, em sua única tatuagem, algum recado, alguma orientação, mas o desenho, assim como ela, se recusa a conversar comigo, se recusa a me deixar ler qualquer pista: do lado esquerdo de seu colo, há três peixes que, boca a rabo, um a um, se unem num Ouroboros tripartite, reinventado. A cor ali é rarefeita, o peso quase preto do traço grosseiro contrasta com sua silfídica figura de moça — e talvez seja isso o que me impede de ir ainda mais fundo em meu mergulho de conjectura, talvez seja isso o que, num susto despertador, me traz de volta à tona de mim.

O que vem a seguir, portanto, é menos divinação, sutileza ou arte que alguma mundana necessidade de, a tempo, terminar um trabalho. Em pouco mais de trinta minutos, os rapazes vão vir buscá-la para levá-la ao salão, e não quero me atrasar, senão levo outra advertência da chefia.

Junto suas mechas em largos feixes e as besunto de um *leave-in* que rescende a pêssego. Abro o estojo de maquiagem e, sugestionado pelo aroma que agora se desprende de sua cabeça, tomo mão dos pincéis para pintá-la com tons abertos, quentes. Depois de *primers*, corretivos, bases e pós, suas bochechas e lábios ganham um matiz rosado, levemente úmido, e suas pálpebras se colorem de um alaranjado sóbrio, que vai se esbatendo mais e mais, conforme sobe às sobrancelhas arqueadas e reforçadas com a tintura do lápis marrom claro.

Sua família — será que muita gente a esperava? — não havia deixado nenhuma peça de roupa, (nem ao menos) nenhuma instrução. Por isso, eu tive que, sem muito titubeio, me basear nos comandos gerais de meu ofício: depois de, meio ensandecido pela pressa, lhe cobrir o sexo com uma calcinha de tamanho justo, vasculhei as araras ao meu lado, à procura de uma indumentária que lhe velasse as chagas ainda recentes, que despistasse a plateia, em uma ilusão de etérea imobilidade, de sua avérnea e derradeira decisão.

Vesti-a de um vestido champanhe de mangas longas e, me afastando para olhá-la de longe, odiei o trabalho que fiz, achei-o indigno e avesso ao que muito provavelmente ela era: Renata parecia uma moçoila vaporosa, debutante, renascida, não alguém que, com uma afiada faca de cozinha, abrira, dos pulsos ao anverso dos cotovelos, duas largas fendas de sangue por onde sua vida se verteu e sumiu.

No último instante, eu ainda tentei amenizar meu infame trabalho de restauração ao abrir um pouco a gola do vestido e, assim, deixar à mostra sua tatuagem, uma pequena réstia de sua personalidade que tivesse escapado à corrupção de minha montagem tão infantiloide. Já era tarde, contudo: os rapazes haviam entrado e, surdos aos meus protestos por um pouco mais de tempo, preencheram com pequenos arranjos de flores os espaços vazios em redor de seu corpo e de sua cabeça. Então ergueram o caixão e, dali a alguns passos, finalmente depositaram Renata no sinistro centro do salão de velório da funerária.

Tranças, Cafés

Fazia cinco minutos que havia colocado para ferver a água do café.

Olhou para o relógio na parede da cozinha e pensou que estavam atrasados: precisava acordar os meninos o quanto antes. Riu com alguma nostalgia, pois sabia que os meninos não eram mais *meninos*. Titubeou um pouco antes de abrir a porta, os filhos não gostavam de ter seu território assim invadido. Ponderou, tomou coragem e girou o trinco. Os dois rapazes estavam dormindo. Dorsos desnudos, cuecas à mostra, rostos começando a se marcar pela barba. Assustou-se com tamanha intimidade. Sabia que, como mãe, a figura seminua dos filhos lhe era agora, e desde há muito, interditada.

— Meninos, acordem! A gente tá atrasado!

Esperou até ouvir uns grunhidos de irritação e foi se arrumar às pressas. No banheiro, despida, olhava-se ao espelho. Seu corpo desgastado de mãe impingia-lhe de vergonha. Rugas, peles sobrando. Será que o esposo ainda a desejava? Pela terceira vez no mês, ele viajava a trabalho, deixando para ela o mister de, sozinha, dar conta de todas as tarefas domésticas. Bem que havia tentado, mas os meninos nunca a ajudavam em nada. Além do emprego, teria que dar conta de lavar e passar roupas, aspirar a casa, cozinhar... o café! Lembrou que havia deixado a água fervendo. Cobriu-se com a toalha e correu para a cozinha.

Nem uma borbulha sequer, constatou. Tomada de cansaço desde o despertar, tinha se esquecido de acender o fogo. Sentiu-se uma inútil, experimentou acanhamento por estar ali, só de toalha, em frente à panela cheia de água fria. Um dos filhos flagrou seu fiasco:

— Mãe, tu não consegue nem preparar um café direito?

O filho foi até o armário e, rindo com zombaria, abriu um pacote de bolachas recheadas. Cobrava da mãe algo que, agora ela sabia, nunca poderia lhe dar. Talvez não fosse só a adolescência, talvez seus filhos tivessem razão em tratá-la com tanto desprezo. Voltou para o banheiro e, mais uma vez, mirou o corpo rechonchudo. Rugas, peles sobrando — completa inaptidão doméstica. Falhara não apenas como mulher, mas também como mãe.

O carro seguia em sufocante míngua de palavras. Ela havia ralhado com os filhos por mexerem no celular dentro do veículo em movimento (sua retina poderia descolar), mas imediatamente se arrependeu. Como retaliação, os meninos lhe impuseram absoluto silêncio. Buscando remediar o constrangimento, ela lhes perguntou como andava o basquete, mas, de propósito, nenhum deles deu resposta. Absoluto silêncio. Pareciam ter se mancomunado contra ela. Olhou pelo retrovisor e encontrou o olhar do filho mais novo. Acinte, hostilidade. Ela enrubesceu e sentiu o coração se estrangular. Tentou fugir ligando o aparelho de som. Nervosa, apertou botões demais e um chiado altíssimo preencheu o interior do veículo. Seguiu apertando os comandos errados, nada acontecia. A seu lado, o filho mais velho se inclinou para a frente e, com dois toques de dedo, resolveu o problema: as notas de um sereno Noturno de Chopin começaram a se anunciar. Ela, que adorava música clássica, sorriu não porque adorasse música clássica, mas porque recebia de bom grado a gentileza do filho. Era um presente, ela achava. Até que o menino riu escrachadamente. Nada de gentileza, nada de presente: era uma ironia. Engoliu em seco. A distância dos filhos: não parecia haver reparo para aquele mal.

— Tchau, meus amores! Boa aula!!

Um golpe de desespero que não rendeu frutos. Sem palavra, batendo a porta com força, os rapazes saíram do carro.

Estacionou rente à calçada, um pouco mais à frente, tentando recuperar o fôlego. Chegou a abrir as janelas para poder respirar melhor. De longe, viu os filhos se distanciarem ainda mais. Antes de entrar no prédio da escola, o mais velho se aproximou de uma garota e a espremeu com um beijo. Agarrou a moça pela cintura e, enquanto lhe enfiava uma língua na boca, deslizou os dedos por suas costas até o limite das nádegas. Ela virou o rosto escandalizada pela sexualidade do filho — sexualidade exorbitante para aquela hora da manhã, sexualidade da qual ela sequer tinha conhecimento. Visualizou o filho se casando, indo parar nas mãos de uma outra mulher. Será que ela saberia preparar café? Com toda a certeza ela saberia preparar café.

Começou a chorar. Por que seus filhos não a amavam mais? Segurou o volante com força, enquanto o corpo inteiro balançava. O nariz produziu muco, as pálpebras incharam rapidamente. Cada soluço, um solavanco a balançar suas carnes moles. Sentiu nojo do próprio corpo, sentiu pena do que havia se tornado. Quis sair de si. Aos poucos, acalmou-se mais por cansaço que por aceitação. Decidiu faltar ao trabalho. Ergueu as pernas e abraçou os joelhos, como costumava fazer quando era criança.

Lembrou-se da própria infância, lembrou-se da mãe. Há quanto tempo não a visitava?

Arrependeu-se assim que tocou a campainha. Se os três lances de escada e os corredores embolorados não foram suficientes para demovê-la da ideia de visitar a mãe depois de tanto tempo, a campainha rouca conseguiu terminar o serviço. Como ela ainda morava naquela espelunca? Estava dando meia-volta quando a porta se abriu.

— Minha filha?

O sorriso abobalhado da velha a desconcertou. Entrou sem intenção de abraço, mas, a meio do caminho, quando a mãe lhe estendeu os braços, não conseguiu escapar. Apiedou-se dela, de seus braços que eram quase só pele frouxa, de seu cheiro que remetia a talco, naftalina e lavanda.

De olhos baixos, caminhou até o sofá caquético, peça central da sala. Arcabouço de madeira à mostra, molas imprestáveis. Não se sentou. Há quanto tempo não lhe mandava um dinheiro? Ao seu redor, uma televisão com antenas imensas, um tapete puído. Dois armários carcomidos de cupim, infiltração na parede. Em meio à baça decrepitude do apartamento, algo brilhava sobre a cômoda do corredor: metal polido e, atrás do próprio reflexo no vidro limpo, seu rosto de menina em um porta-retrato. Dente da frente faltando, colo da mãe, tranças caindo sobre os ombros.

— Mamãe, faz uma trança em mim?

A menina aparecia no quarto, chamando a mãe para a brincadeira. A mulher entendia o convite, largava as agulhas na cama e saltava em sua direção, rindo do grito — alegria e medo — que a filha soltava. As duas corriam por alguns minutos, até que a mãe finalmente agarrasse a criança, as risadas cortadas pelos beijos mútuos.

— Já te disse que não sei fazer trança *corrida*, menina!

As duas gargalhavam do trocadilho.

— Vem, vou fazer um doce para ti.

A menina ofegava. Sentava-se à mesa, apoiava o queixinho sobre as mãos miúdas e movia sempre os olhos, acompanhando o traçado da mãe pela cozinha. Abre-e-fecha de armários, farinha e açúcar pesados, leite medido, ovos quebrados, gemas separadas, claras batidas. Ela se impressionava com a inteligência da mãe, hipnotizava-se com a destreza de fazer a colher girar na panela, a fumacinha quente subindo e deixando o ar feito nuvem. Era então que, observando aquela alquimia, estremecia e pensava que, um dia, a mãe poderia morrer. Despencava da cadeira e, sem se importar com o perigo da panela quente, se enrolava inteira nela. A mãe beijava sua testa. No fim, sempre dava um jeito de tirar uma colherada da geleia fumegante para dar de provar à filha.

Defronte ao espelho, os dedos céleres como as patas de uma aranha, a moça terminava de fazer uma trança no cabelo. Não como costumava usar quando era criança, duas tiras de cada lado da cabeça, mas como agora faziam suas colegas do pré-vestibular: uma una cascata a lhe descer da nuca.

Atou as pontas com um elástico e deslizou a mão pelo penteado. Que orgulho. A trança era grossa, difícil de se desfazer. Era assim que queria: o namorado ia à loucura quando puxava seus cabelos como a uma corda. Ela se lembrou da noite anterior e, num reflexo, arqueou a coluna, eriçada por uma involuntária contração na pelve. Mal via a hora de estar com ele de novo. Checou a roupa uma última vez. Vestido apertadíssimo, glúteos marcados, seios quase em riste. Que delícia.

Saiu do quarto escondida, à ponta dos pés, mas a mãe a escutou.

— Minha filha, você já vai sair de novo?

O flagra a encolerizou. Reagiu como uma onça ao descobrir um invasor em seu território:

— Ah, mãe, que saco! Me deixa em paz!!

A mulher largou a máquina de costura de lado e caminhou até a filha. Tentou primeiro abraçá-la, mas a menina se distanciou — embora não fosse mais menina, a mãe teimava em pensar nela assim. Fez menção de um carinho em seu ombro. A moça o recusou, afastando-se. Por que não a amava mais? Num último lance de desespero, a mulher recorreu à palavra: explicou que estava preocupada com seu desempenho nos estudos, explicou que só falava aquilo porque queria o seu bem.

— Ao menos jante antes de sair, meu amor...

Ela olhou a mãe com desprezo. Quis bater os pés no chão e sacolejar os braços (como uma criança), mas já era, afinal, uma adulta. A mãe tinha, nos olhos baixos, uma mal contida expressão de vergonha. A moça foi até a cozinha e observou a mesa posta (achando que a filha tinha cedido, a mãe ficou feliz). Pão, queijo, presunto, manteiga — café recém-passado dentro da garrafa térmica. Revirou os olhos, reclamando algo que, sabia, a mãe nunca poderia lhe dar. Então riu alto. Risada feita, sob medida, para ferir:

— E tu acha que café é jantar que preste?

O giro de carrossel chegou a um fim. Quase tonta, ela se viu de volta à sala do antigo apartamento. Porta-retrato, cupins, mau cheiro. Olhou para a sua mãe, agora tão velhinha, e atinou que estava para morrer: o rosto gretado, as mãos sequinhas, quebradiças como velhos gravetos. Quis achar tristeza dentro de si, mas o tempo lhe revelava uma ainda mais fabulosa descoberta: o ódio pela mãe havia passado. Em seu lugar, prescindindo de qualquer pedido de perdão, um vago sentimento de retomada — que era também, em si mesmo, uma forma de amor. E, se voltava a amar, certo era que um dia também voltaria a ser amada.

Caminhou até a mãe e lhe deu um segundo, agora verdadeiro abraço. A mãe alisou seus cabelos:

— Você quer que eu prepare um café, minha filha?

Ela respondeu que sim.

A Bruxa

De vingança, a moça se voltava a um novo deus.

Quando a peste chegou, espalhou-se não como fogo no milharal, que se expande em nítido contorno, mas como uma macieira apodrecendo, as maçãs todas aleatoriamente mudando de cor, sem lógica ou ordem. Na primeira semana, morreram três pessoas, o sapateiro, um bebê e o rapaz que morava ao lado da velha que, por não sair nunca de casa, nem para ir à missa, todos chamavam Bruxa. Verde, vermelho e preto, uma maçã segue um único espectro cromático, e assim também lhes aconteceu: a pele empalideceu, amareleceu e arroxeou, a respiração se tornou difícil, e, na noite do terceiro dia, morreram com um último grito de dor, que todos da Aldeia puderam ouvir.

Na terceira semana, as noites no Sopé testemunhavam um sinistro coral de gritos. Como as bolhas de um caldeirão de água fervente, as mortes começaram como pequenos estouros a esmo, para depois tomarem tudo em mal contido caos. Quem permaneceu ali passou a gastar os dias em súplices rezas na Capela da Aldeia, que ficava na larga área plana entre a Vila Alta e a Vila Baixa. Embora não muito grande, era o único prédio que, de longe, entre as árvores da Serra, os viajantes podiam avistar como sinal de que chegavam a algum retiro.

No início, os aldeães se ajoelhavam com discrição, silenciosos, murmurantes quando muito, unindo as duas mãos espalmadas e apontadas para o céu. Depois do segundo mês, as mulheres passaram a gemer e a chorar em alta voz, os homens persignavam-se em gestos brutos, socando o próprio peito, batendo a cabeça no banco da frente; alguns, irresignados, se agarravam ao corpo morto de um filho, à figura lânguida da esposa morta. Pediam, pediam com todo o ânimo e sobretudo com toda a força física que lhes restava, cada músculo contraído, cada gesto repleto de violência, suando e chorando muito, como se a produzir e a oferecer, dos próprios humores, uma libação.

Então assim sucedeu à moça: deu de adoecer sua mãe. Era ainda manhã quando encontrou o pai sentado num toco de tronco próximo à soleira da casa, a cabeça baixa, inundado em mudez. Apenas sugerida através da névoa das primeiras horas do dia, a luz do sol cobria metade do rosto grogue da mãe, em que nitidamente se distinguia, em seu queixo, testa e olhos, o amarelo doentio, iniludível estigma da doença.

Não vacilou. Deslizou a palma da mão sobre o rosto frio da mãe, num gesto menos de exame que de carícia, e correu para a Capela, onde se iniciava uma das três missas diárias; apesar dos soluços que não podiam controlar, os aldeães suspendiam a balbúrdia de sua fé para escutar o padre em homilia. O sacerdote se queria demonstrar longânime; falava com voz doce, contritamente enternecida, mas firme, prolongando, uma a uma, a sílaba tônica das palavras finais de cada frase. Um tanto apaziguado, o rebanho ouvia.

A moça o escutava com a sôfrega atenção de sempre. Mesmo antes da peste, desde que se entendia por gente, ela ia todos os dias à Capela ouvir o padre falar. Estranhava quando, à saída da missa, o povo se dedicava a comentar sobre a voz do padre ou sobre a boniteza de sua batina; ninguém ligava muito para o que ele pregava. Ela, ao contrário, refletia sobre tudo. Chegando em casa, deitada em sua cama, olhar vidrado na taipa, ruminava e ruminava cada palavra, teimava em questões, cismava em dúvidas.

De tanto matutar, pediu aos pais uma bíblia, que passou a estudar com afinco. Fazia anotações, chegava correndo à Capela e questionava o padre acerca de tal ou qual passagem. E rezava, rezava muito, não como as velhas das jaculatórias dos domingos, mas como quem ama a quem ao seu lado se deita: com melodiosos sussurros, os rostos colados de tanta intimidade.

Criara-se nela, então, uma certeza de fé: nunca mais estaria só.

E foi sob a serenidade dessa certeza que ela assistiu à mãe morrer, três dias depois. Depois de uma semana, o pai morreu, soltando um grito que ninguém pôde distinguir do choro alto em que se afundara naquelas noites, com saudade da esposa. Ela, por sua vez, enterrou-os sem choro.

Enquanto os enterrava, munida daquela certeza, justificativa o acontecido com provas e expiações, animais vertendo o sangue redentor sobre a humanidade, reinos de outros mundos. Sem abalo, bateu a terra das mãos, largou de lado a enxada e correu para encostar a cabeça no peito do esposo.

Então o padre morreu. Após um sumiço de três dias, durante os quais os aldeães, em crescente especulação, sufocaram-se pela dúvida, o padre morreu. Os fiéis que se encontravam na Capela ouviram, da residência paroquial, o grito do sacerdote. Espalmaram as mãos de horror e começaram a correr com a urgência de quem abandona um barco. No pandemônio que se formou, a labareda de uma das velas se derramou rápida sobre o tecido que cobria o altar, e, em minutos, todos assistiram, de cada uma de suas janelas aterrorizadas, à sinistra fogueira em redemoinho que se instalou bem no meio da Vila. Entre colinas e montanhas, o fogo crepitou em alto eco durante toda a noite.

Antes mesmo de o esposo acordar no dia seguinte, nem bem raiado o sol, ela desceu pelas pequenas veredas de pedra até a Capela. Quase inteiramente coberto de uma fuligem enegrecida, o prédio de alvenaria e madeira expelia réstias de uma leve e errática fumaça, que subia aos céus com particular insistência. A moça se aproximou do portal do átrio principal, mas logo percebeu que a quentura não lhe permitiria entrar. Inabalável em sua fé, ajoelhou-se ali mesmo, colocando as mãos em repouso sobre o regaço. Aspirando os vapores que se espraiavam pelo local, rezou em suave narcose.

Foi um riso o que a perturbou da oração. Olhou para trás e viu de onde tinha vindo: uma família e suas três cabras magras desciam a Serra. Mal podendo segurar as duas crianças que trazia aos braços, a mãe parecia ter feito questão de parar ali e soltar uma grotesca risada de escárnio, que ela ouviu com constrangimento. A família seguiu destino, mas lhe chamou a atenção um alvoroço mais ou menos distante. A moça se levantou e entendeu: dezenas de pessoas desciam a Serra, carregando crianças de colo e trouxas de roupa improvisadas, empurrando carrinhos-de-mão cheios de utensílios e comida, tangendo pequenos rebanhos que, na confusão, pareciam se fundir. A Vila se esvaziava.

No contrafluxo, subindo em correria, a moça teve de fazer força para abrir caminho, levando sopapos, recebendo xingamentos. Quando, descabelada, já no isolado alto da última colina, avistou a própria casa, virou-se para ver a líquida massa humana escoando tristemente para dentro da Floresta do Sopé. Instalou-se a seu redor um silêncio que a confrangeu: era um silêncio que em tudo diferia da mera ausência de som. Por isso, sentiu medo e, porque sentiu medo, tornou a subir, gritando o nome do marido, que teimava em não responder.

Chegou em casa coberta de suor. De costas para ela, o esposo ainda estava deitado na cama, encolhido rente à parede. Ela chamou seu nome mais uma vez, mas ele continuou sem responder. Como tudo no quarto estava imóvel, ela olhou, num reflexo, para fora da janela. As frondes das árvores que ladeavam a construção também estavam paradas. Então ela entendeu a origem do silêncio: parara de ventar. E, sem o vento, as coisas todas pareciam cair em medonha dormência. Num arroubo, lembrou-se do marido ali deitado e correu até ele, puxando-o pelo ombro com um solavanco.

A moça pensou que ia gritar, mas levou a mão à boca e caiu ao chão. O rosto delirante do marido estampava vividamente o amarelo da peste. Ele tinha os olhos nem abertos nem fechados, e, pelos cantos de sua boca, descia uma saliva que seus lábios arroxeados já não conseguiam reter. A moça então se ajoelhou e se pôs a rezar.

Parou, a risada de mais cedo ecoando na memória. Ergueu-se, sentou-se à mesa. Descobriu que, pela primeira vez em anos, não sentia vontade de rezar. Deixara de acreditar? Sentia que não; parecia-lhe, aliás, ter ainda mais certeza. A moça fechou os olhos e trincou os dentes, o sangue pulsando forte atrás das orelhas. Estava com raiva, percebeu. Acreditava mais, e se ressentia disso.

Olhou pela porta e, do âmago da Floresta, viu uma coluna de fumaça a subir pelos céus sem vento. A Bruxa não havia ido embora. Como chuva fria batendo no rosto de quem dorme, despertou-a uma verdade tão palpável quanto perversa: se Deus não cessa, o diabo existe. Se um se recusava a virar para ela o rosto, haveria ela mesma de tornar ao outro a face.

Desceu a Serra num fôlego só, cruzando a Vila de Baixo inteira. A porta estava aberta e, dentro do casebre, a velha cozinhava em uma imensa panela, de onde subia toda aquela fumaça. Desdentada, de desgrenhadas cãs, a saliva pingando das gengivas nuas, parecia não tomar banho há anos. A moça perguntou-lhe do seu deus, então a Bruxa veio até ela e, gaguejando, passando a mão entrevada em seus cabelos de jovem, falou baixinho tudo o que a moça precisava saber.

De vingança, então, a moça se voltava a um novo deus.

Entre seus dedos de frouxa firmeza, os gravetos tremiam, percussionados mais de pressa que de medo, enquanto ela os unia três a três, atando-os com um nó de palha branca colhida ao luar cheio. Dentro da cabana mal e mal iluminada por um candeeiro, recurvada sobre si mesma, ela buscava (reconhecer) o som da respiração do marido, mas o barulho que lhe saía às narinas já era outro. A seu lado, discretamente atordoada, uma galinha marrom ciscava a fina areia escura do chão.

A moça se jogou da cadeira ao chão, as mãos ainda trêmulas. O baque da queda, mais forte que o esperado, seguiu-se do bater embrulhado das asas da galinha, que, de susto, tentou voar. Pela primeira vez àquela noite, ela sentiu medo, pois não lhe pareceu natural a maneira como os dois sons se uniram em uma mesma linha melódica. Com golpes secos, ela começou a enfiar as pequenas estacas no solo, em redor da cama do marido. Guardou o último trino de gravetos consigo.

Sem se levantar, resoluta, esticou o corpo inteiro à tentativa de alcançar a galinha, que se afastou ainda mais, um tanto ressabiada. A moça grunhiu de raiva e, sem largar os gravetos afiados, pôs-se de pé e pegou a ave pelas asas. Movendo a cabeça em movimentos rápidos, o bicho ficou dócil quando ela o pousou em seu regaço nu, o leve vestido branco levantado até à altura do quadril, para não rasgar. A chama do candeeiro não se movia, e, lá fora, ainda não havia som de folha a farfalhar.

A galinha se aninhou inadvertida entre as duas pernas da moça, que a afastou desconcertada, porque não a queria tratar com ternura. O bicho tornou a se encaixar ali, e a moça se arreliou, pensando que a galinha estava, na verdade, fazendo-lhe um pedido. Afastou-a uma segunda vez. Quando, pela terceira vez, a ave fez menção de se recolher a seu regaço, a moça, de raiva, deu-lhe uma pancada com a mão, como se a um cão irritante. A galinha fez menção de fugir e, nisso, arranhou profundamente a coxa da moça, que gritou de dor.

Ela olhou para a coxa direita: três riscos brancos que, latejando, anunciavam algo que, das profundezas dela, insistia em querer emergir. A moça segurou a galinha no alto, apertando cada vez mais suas asas. Fitou a cara do bicho, que se agitava demais, e lhe deu uma cusparada sem explicação. Como um açude que sangra, as bordas da pele aberta em sua coxa não puderam mais conter o líquido quase preto que ali se acumulava. O sangue começava a escorrer por suas pernas quando ela aprumou na mão o trino afiado de gravetos.

Com uma estocada seca, cortou a garganta da galinha. Sem emitir som, o bicho começou a estrebuchar e, a cada contração convulsionada, espirrava sangue sobre a moça, que, querendo controlar o bicho, fez força demais nos dedos. Ela sentiu os ossos da ave quebrarem em sua mão, tentando, com o punho dobrado, limpar dos olhos o líquido quente que lhe atrapalhava a visão.

Olhou para o próprio vestido: tela branca pintada de sangue. Com força, cravou o trino de gavetos no peito da galinha, que já não se mexia tanto. Cuidou de tingir de vermelho cada pedaço imaculado do vestido, cuspindo o sangue que teimava em lhe escorrer boca adentro. A seu lado, o esposo gemeu.

Ela foi até ele e lhe puxou as calças. Sem se despir, levantou o vestido pesado de sangue e se sentou sobre o rapaz deitado na cama. Movimentando-se para frente e para trás, sentiu contra o próprio sexo a maciez deslizante do pênis flácido do esposo, o arranhado incômodo de seus pelos pubianos. O marido não faria barulho de prazer, nem enrijeceria, mas ela deveria continuar por alguns minutos antes do próximo passo — assim lhe instruíra a Bruxa. Num meio despertar, ele movimentou debilmente os braços, quase tentativa de fazê-la parar. Condoída, mas obstinada, ela o dominou, segurando as mãos dele contra a cabeceira da cama.

A cada movimento da moça, a cama se batia contra a parede. Seria aquele o único som a se ouvir em toda a Vila, não fossem os grunhidos crescentes do rapaz. Sem perder o ritmo do movimento, a moça olhou para a cara do esposo e desatou a chorar: ele havia começado a revirar os olhos e uma saliva espumosa lhe saía à boca, que tentava articular palavras avulsas.

O último passo, então. A moça parou os movimentos e se inclinou para beijá-lo. Curvou-se inteira, afastando o cabelo pregado no rosto. Ela empurrou o queixo dele para cima, fechando sua boca. Sentiu os lábios frios do marido, que em vão tentava virar a cabeça. Ela se empertigou, sondando os arredores. Nada havia acontecido.

Deitou-se outra vez sobre o marido e demorou mais o beijo, abrindo um pouco a boca, esfregando sutilmente a língua nos dentes e nos lábios do rapaz. Sentiu o gosto férrico do sangue que, como uma película, começava a se colar em seu rosto. Sentiu também o ácido do líquido que subia à boca do rapaz. Nada aconteceu.

A moça começou a tremer muito. O tempo do esposo se esgotava. O que estaria fazendo de errado? Então se lembrou da última instrução da Bruxa: antes do beijo, deveria tirar o vestido. Sem controle sobre as mãos trêmulas, pelejou para descolar o tecido da própria pele. Com um esgar de urgência no rosto, ela se curvou novamente, sentindo os seios nus contra o peito arroxeado do rapaz. Respirou fundo, como se prestes a mergulhar, e, pela terceira vez, beijou o marido.

O rapaz escancarou a boca e, com metálica estridência, gritou longamente. Aos prantos, a moça também gritou — primeiro de susto; depois, buscando unir a voz à derradeira voz do marido, na tentativa de se sincronizar a ele uma última vez. O marido se calou — e ela afinal entendeu tudo.

Parou de chorar. Saiu da cabana, já não procurando nada. Ainda não havia vento. Da casa da Bruxa já não subia fumaça alguma. Voltou o rosto para trás e mirou o corpo morto do marido. Olhou para cima, para o céu sem nuvem, olhou para baixo, para a Floresta, lá onde começava a Vila Baixa. Não havia ninguém em canto algum.

Nua, coberta de sangue, a moça estava absolutamente só.

Sangue de Sangue

Sentiu as palmas dos pés sobre o mármore frio como duas placas a o alertarem da condição de estar assim, ali, naquele quando. Ergueu o olhar: sobre a bancada, jaziam a *nécessaire* em meio a toalhas de hotel emboladas, o creme e o aparelho de barbear recém-utilizados, a pomada anti-inflamatória, a ser aplicada sobre os pelos encravados, o frasco de loção pós-barba que ainda fazia sua cara arder, um perfume qualquer — objetos que ele observou com vagar e com respeito por sua própria condição de homem.

O olhar resvalou para o resto do ambiente. Deu-se conta da banheira, da privada de tampa levantada, da bagunça que haviam acumulado naquele primeiro dia de viagem e, enfim, da própria figura que, redescoberta num susto, punha-se nua e quase tola em frente ao espelho.

Empertigou-se. Analisou o tronco ainda musculoso, coberto de pelos que, com cuidado, aparava desde a adolescência. Tentou se lembrar de quanto tempo havia se passado desde então. Coçou a cabeça bem no alto, lá onde os cabelos raleavam, formando um halo de calvície. Segurou o pênis e brincou com ele sem perceber, quase infantil, deslizando o prepúcio. Devia fazer uns 35 anos desde o ápice de sua juventude, tempo áureo que aos poucos se esmaecia. Um pensamento começou a tomar forma em sua mente, mas foi esfumaçado por uma urgente vontade de urinar. O homem girou o corpo para a direita e deu um passo à frente. Em pé, diante da privada, respirou profundamente e relaxou.

O filho entrou no banheiro, fechou a porta e começou a escovar os dentes. Trivialíssima situação que era, não o fez sequer virar a cabeça. Concentrava-se, ainda. Afinal, como num gozo inverso, porque de relaxamento, não de espasmos, começou a urinar. O líquido passava-lhe quente por dentro, irradiava calor aos dedos próximos, vertia-se na água com um barulho frouxo, estalante. E pausado. Vinha um jato, durava 3 segundos, cessava o som. Urina-jato, depois pausa. Outra vez. Assim banal, sem se lembrar de como urinam os jovens, o homem urinava como um velho. Com espuma à boca, o filho se esforçou por se fazer entender:

"Por que tu mija assim, pai?!".

O homem ficou um tempo parado, olhando para a parede em frente (mas contemplando a si). Tentava entender a pergunta do filho. Esteve prestes a lhe devolver outra pergunta quando percebeu e entendeu, de rosto enrubescido. Urina-jato, pausa. Urina-jato, pausa, num som meio frouxo, estalante. Assaltado pela espontaneidade de quem ainda não pôde conhecer o tempo do mundo, o homem tentou esboçar uma resposta, balbuciando palavras soltas. O filho o interrompeu:

"Eu só mijo assim quando eu tô de pau duro", e cuspiu a espuma acumulada à boca, num movimento seco, inteiro, vigoroso. Enxaguou os dentes e saiu do banheiro.

O homem havia parado de urinar. Ainda estava assim, suspenso entre entender e aceitar, a respiração acelerada, o peito subindo, descendo, subindo, descendo. A mão esquerda apoiada na parede à sua frente, a mão direita segurando o pênis. O pau. Pau duro. Vislumbrou, em rapidíssimo instante, o pensamento que antes lhe fugira: *eu estou ficando velho*. Repetiu para si, como se quisesse ter certeza de que prendera a cognição do enunciado: *eu estou ficando velho*.

Como a uma pluma branca em meio à ventania, ele precisou se esforçar para reter o pensamento. *Eu estou ficando velho*. Alguma coisa pesou-lhe os ombros, comprimiu-lhe o peito. *Eu estou ficando velho*. Teve a sensação de que uma bolha licorosa estourava em sua cabeça. Sentiu-se tonto, ameaçou cair. Tentou segurar-se na base da pia, mas, num golpe de sucessivos contrapesos giratórios sobre si, um si que torna para a esquerda, outro si que torna e esbarra no primeiro, um terceiro que torna e esbarra neste, que esbarra naquele, que se desloca e puxa um outro de não se sabe onde, a crise de labirintite se instalou de vez. Lutando contra os sacolejos em sua cabeça, o homem foi-se inclinando para o lado até que, afinal, terminou sentado sobre o chão frio.

A custo, voltou a ficar de pé. Voltou para o quarto e avisou que não teria condições de sair para o passeio. Pediu, entre gemidos, pelo remédio. A esposa se recusou a deixá-lo em meio a uma crise, mas ele forçou um bocejo e disse que logo estaria dormindo, que não fazia sentido que ela ou o filho permanecessem no hotel, sem aproveitar a viagem. Por fim, num machucado autoinfligido, maneira de fazer pouco de si, arrematou que aquilo era apenas *coisa da idade*.

Ouviu o baque da porta e soube que estava só. A labirintite cedia lugar a um leve formigamento medicamentoso. Deitado à beirada da cama, dobrado sobre si mesmo, o homem tentava abrir os olhos, mas reagia com dor: o teto branco, os lençóis brancos das camas brancas e o carpete branco feriam sua vista como um feérico sol — como uma asséptica metonímia de sua recém-constatada velhice.

Sob efeito do remédio, o mundo parou de girar. Apreciando a contrapressão que o colchão lhe fazia sobre o corpo, o homem experimentou a curiosa sensação de que, de cabeça-para-baixo o quarto do hotel, era ele que sustentava a cama, não o contrário, e a surrealidade do pensamento fez que, antes mesmo de adormecer, o homem parecesse sonhar.

O homem entrou pela porta da cozinha empurrando-a de costas, com as nádegas. Segurava uma boa dúzia de sacolas plásticas que, apinhadas de pães, queijos, latas, arrozes e produtos de limpeza doméstica, afundavam a carne de seus antebraços. Entrevia-se neles, intervalado do branco das alças e através de uma ordenada penugem de pelos escuros, o vermelho do sangue estrangulado pelo peso das compras.

Largou as sacolas sobre a bancada da pia e percebeu que, desde o momento em que as encaixara nos braços, esteve em apneia. Por alguma razão, os quase-torniquetes plásticos que lhe constringiram a circulação lhe impuseram, por alguns instantes, uma espécie de lei de interrupção de qualquer fluxo corporal, do que respirar, enquanto fosse fazer circular oxigênio dentro de si, era intolerável violação.

Subversivo, o homem dilatou o diafragma e inspirou profundamente.

Retomando o fôlego, bebeu um copo de água a pequenos goles, na tentativa de, aos poucos, fazer circular também outros fluidos em seus túneis e cavidades internas. Ouviu passadas e virou-se para encontrar o filho, que, descamisado, entrou na cozinha e caminhou até o bebedouro em total desprezo à presença do homem. O rapaz encheu o copo com água e, jogando a cabeça para trás, levantando muito o braço direito, deixou à mostra, ostensivo, os bastos pelos de sua axila, de onde o homem pôde sentir um forte cheiro de suor.

Ao contrário do homem, o rapaz saciou a sede a volumosas goladas, que logo culminaram em engasgo. O líquido desceu em errática trilha por seu queixo, pescoço e torso, sem que o rapaz se preocupasse em o conter. Ainda tossindo, o rosto avermelhado, o filho saiu da cozinha sem sequer saudar o pai, a cuja cabeça começou a subir, como se a escorrer para cima, uma vertigem de irritação.

"Mas vem cá... tu não vai me ajudar a guardar essas compras, não?" "A Isa tá aqui", e seguiu, sem maiores satisfações.

Incrédulo, o homem soltou uma risada de escárnio que pousou entre sua imagem e a do filho. Virou-se para a bancada e espalmou as mãos sobre o mármore frio, apreciando o contraste entre aquela superfície e a quentura de suas orelhas, que, de raiva, ele agora sentia como dois para-raios acesos; pensou que, se se concentrasse, o calor se conduziria de seu corpo à superfície que tocava, e então alguma parte de si teria, ainda que momentaneamente, se propagado e se fixado naquela casa — que era dele, que *fora* dele, mas que se tornava tanto menos dele quanto mais a presença do filho parecia se dispersar, intangível, por todos os recintos, trazendo a desagradável sensação de que ele mesmo se fragmentava e pulverizava.

Sem ajuda, o homem começou a guardar as compras, organizando por setores os itens que retirava das sacolas plásticas: coisas de geladeira, coisas de congelador, coisas de limpeza, coisas perecíveis, coisas imperecíveis.

Exausto do dia de trabalho, o homem cambaleou até o sofá da sala, onde se jogou com alguma desistência. Usualmente, caminharia até o quarto, tiraria a gravata já frouxa e tomaria um banho obstinado, cumprindo a ablução como um último afazer do dia, afazer depois do qual, escorrido da sensação de sujeira sobre o corpo, passearia a esmo pela casa, gozando de uma renovada sensação de liberdade.

Hoje, entretanto, não. O cansaço do dia se unia a um prenúncio cada vez mais palpável de labirintite, e a falta de respeito do filho lhe pesava como um letárgico psicotrópico. As extremidades de seus braços começavam a ficar dormentes, e havia nisso um traço de ironia: nem sob a obstrução das sacolas de compras suas veias lhe haviam faltado como agora. Seria de uma outra ordem aquele formigamento? O homem gargalhou de como sua pseudoprofundidade soava forçada.

Como um eco ominoso, à própria risada se seguiram risadelas abafadas, que, num susto, sem conseguir identificar de onde vinham, ele ouviu com sentidos embotados. O homem se endireitou no sofá e percebeu com horror: o som vinha do quarto do filho.

Sua cabeça girou. Uma remota lembrança de alguma gravura de Goya passou por seus olhos — um amálgama de animais e monstros alados atazanava o juízo de um homem prostrado. Como um autômato, ele foi até a porta do quarto do filho e se pôs de joelhos, flagrando-se muito infantil quando se deu conta de que reconstituía, às avessas, a clássica narrativa da criança que espia através da fechadura dos pais. A custo, o homem se transportou de dentro para fora (de si), fazendo força para abrir caminho através de densas camadas de morcegos-coruja, que se descortinavam para revelar um quadro que ele sorveu com siderada delícia.

Estranhamente angulada, como um corpo estatelado no chão, a namorada do filho estava, toda ela, encostada contra a parede. A mão esquerda, erguida e imobilizada pela mão direita do rapaz, estava fechada em permanente contração, e dela pendia o braço a partir do qual, numa descida-tobogã, chegava-se até seus seios, que, descobertos, balouçavam elásticos e ritmados. Dali, o homem vislumbrou como a moça fechava os olhos em delírio, mordendo com força o lábio inferior.

Apareceu, então, a figura do rapaz: um rosto que, vagamente familiar, não era exatamente o de seu filho, não ali; ele também se mantinha quase imóvel, não fosse pelos movimentos estocados que fazia insistente, invadindo, com os dedos, o espaço entre as pernas da moça, logo abaixo da saia levantada. Não era essa, entretanto, a única perturbação cinética do quadro: em repetidos deslizes, o antebraço direito da moça sumia dentro das calças entreabertas do filho, de onde saía, em riste, o que afinal despertou o homem do transe, dando-lhe contas da obscenidade da violação que cometia: os jovens não eram os únicos a se masturbar.

O homem sentiu um solavanco puxando sua cabeça para trás e caiu no chão, apoiando-se sobre os cotovelos. Girou a cabeça à procura de quem, em flagrante, houvesse-o puxado pelos cabelos, mas não havia ninguém ali. Sua cabeça girou mais uma, duas, três vezes; súbito se deitou no chão, contraindo muito os olhos, e, do fundo de um fundo de fundo poço — ou do alto, em vertigem, de altíssima torre —, assistiu a si mesmo rodar como uma fotografia lançada no ar, espiralando sobre si mesma.

Foi do quarto que veio o som que o trouxe de volta: o filho e a namorada experimentavam, ao mesmo tempo, orgasmos de orquestrados gemidos, tanto mais escandalizantes quanto mais óbvia era sua pouca preocupação em os abafar. Deixado de fora, tomado pela vergonha, o homem se arrastou até o banheiro do próprio quarto, trancou a porta, abriu a gaveta de remédios do armário debaixo da pia e, no chão, esperou que o medicamento fizesse efeito.

A labirintite o fazia rodopiar com a violência de um bote em corredeira de rio, e ele entrevia, no horizonte cada vez mais próximo, uma catarata surgir e desaparecer, surgir e desaparecer, surgir e desaparecer, paralisado pelo medo da queda iminente. O homem se arrepiava de sua ignomínia, tossindo como se tentasse expelir, com abjeção, um de seus órgãos internos. Como podia ter feito o que fez? Ele procurou palavra, mas palavra não houve, e, nisso, sua memória desmoronou — o homem falhava em recordar por que tinha começado a se masturbar assistindo ao *gouinage* do filho.

O filho, cuja presença na casa fora sempre evanescente, agora emergia sólido, duro e alto como um megálito, convocando o homem, numa espécie de jogo de imitação, a também tomar forma, afastando a sensação de instantes antes, de estar pulverizado pela casa. Deslumbrado, cheio de empáfia, o homem acedera, sem se dar conta de que, no duelo proposto, residia a armadilha de um paradoxo: por tentar ganhar o desafio, ele o havia perdido; no momento em que empunhou seu gládio, desvelou-se o engodo, e ele entendeu que era com seu próprio filho que tentava se digladiar. Horrorizado, o homem agora batia a cabeça contra a parede do banheiro.

Havia ainda na cena uma sombra que o atarantava; em sua mente, reconstituiu o quadro várias e várias vezes, dando atenção a este ou àquele detalhe, as mãos, os seios, os pescoços, quase conseguindo adivinhar a razão de sua captura. O filho, agora sólido, desmontava-se a seus olhos, e ele o visualizou como uma escultura quebrada, incompleta, a que ora faltava um braço, ora, as pernas, a cabeça... o rosto.

O rosto. De quem era o rosto no rosto do filho? O homem parou ali, o coração batendo forte, bombeando fluidos. O rosto que o filho portava no espetáculo sexual não era exatamente o do filho, mas um outro, vagamente familiar. O remédio fez efeito, a crise se dissipou e ele pensou que, junto ao fármaco, corria em seu sangue alguma outra coisa que, persistindo, se transmitindo, aliviava-lhe uma dor. Ainda cauteloso, o homem se ergueu do chão do banheiro, virou-se para o espelho e abriu os olhos.

“Ele não é a tua cara?”

Não houve susto. Entendeu que já era um outro dia, para o qual sua esposa o acordava depois de, dopado dos remédios da noite anterior, adormecer em sono profundo no quarto de hotel. Na cama ao lado, virado para ele, seu filho dormia tranquilo, as pernas recolhidas sobre si, numa posição que remontava a seu tempo de menino.

O rapaz estampava no rosto, agora muito claramente, um eco em gravura do rosto do homem.

A esposa passou a mão por seu peito, barriga e baixo ventre, alcançando o que afinal encontrou rígido, pulsando do involuntário afluxo matinal de sangue. Ela então iniciou o movimento de uma carícia íntima que, com doçura, o homem recusou, sem que isso o rebaixasse, sem que isso o colocasse a qualquer tipo de prova. Entendeu, afinal, e acolheu, apaziguado, o paradoxo de outrora: com o filho, não haveria perda em se abrir mão de ganhar.

"Sim, ele é a minha cara.", concordou o pai, antes de se levantar para o novo dia que começava.

Nutriz

Entrou deslizante e se acoplou à superfície da rocha, desconcertando o microcosmo marinho em ondas que logo amainaram. Recolheu a longa cauda a si. Observou o relevo regular, o ambiente que tremeluzia em tons corais. Algas pendiam do topo, oscilando ao movimento natural das águas frias. Tudo encaixado — quase tudo. Algo faltava. Piscou e se confundiu. Às paredes azuis, uns desenhos de pequenas baleias.

Então estava tudo bem no quarto do bebê. As cômodas estampadas de pequenas conchas, os porta-retratos incrustados de cavalos-marinhos, o abajur em forma de ouriço, meio-iluminando as bordas do teto (o arquiteto havia afirmado que, assim, o efeito *fundo do mar* seria mais convincente). Às paredes azuis, uns desenhos de pequenas baleias, aos rodapés, uns caranguejozinhos. Levantou-se e verificou as cortinas, as janelas, o mundo exterior. Não se via muito — não se via nada. Parou perplexa. Tornou à poltrona sutil de rocha, de estampa marinha de microcosmo coral, ainda com a estranha mania ondulante de roer as garras, as unhas! (e se confundiu), contraindo-se ressabiada. Piscou. Esperou. Observou.

Pôs-se em pé e foi até o menino. Sobre o berço, sustentava-se um móbile esverdeado: peixes e crustáceos que pareciam se reunir em mútuo refúgio. A mulher ergueu o braço e fez o objeto girar. Um som vítreo irrompeu atonal e a angustiou, na medida em que a fez se sentir vazia de algo que, não conhecendo bem, nauseava-a. Baixou o olhar e viu o menino a dormir entre dois travesseiros. Agarrou-o célere e tornou à poltrona.

Percebeu que, em vão, pelejava por se recordar de um pensamento esquecido. Sentiu raiva. Fitou o menino, agora acordado. Trazia-o aos braços, envolto numa longa manta. Beijou a testa do filho e lembrou por que o havia tirado do descanso: puxou o seio para fora do vestido e acoplou nele a criança.

Tinha os olhos arregalados por não saber o que fazia. A cabeça desconfiada girava e olhava em redor: algo estava fora do lugar — algo estava ausente. As algas pendiam dos mesmos lugares, as texturas eram as mesmas, a rocha era a mesma, mas ela tinha o corpo tenso, de garras postas em alerta. Inclinou-se para a frente. Recolheu-se assustadiça, sob a impressão de ter algo roçado em seu pé. Sibilou prenunciando defesas, arreganhou os dentes e novamente se inclinou — estava lá, suave, quase imperceptível: a ponta de um véu tocava seu pé.

Seguiu, com os olhos, o caminho que o tecido fazia até chegar a seus braços. Descobriu ali uma pequena presença morna grunhindo, movimentando-se, chupando-lhe as carnes, pequeno parasita. O calor da boca do menino e a tensão que a gengiva desdentada imprimia ao mamilo fizeram-na se arrepiar. Ela afastou o bebê, encheu a mão do peito carregado, apertou-o — com dor — e viu escorrer dela o líquido amarelecido. O leite molhou a cara do filho, que reagiu com urgência ao estímulo. Trouxe-o de volta a si, abraçando toda a sua mole solidez. O menino movia a língua miúda sem coordenação, fazia a sucção essencial com violência, com necessidade — com prazer.

Desde quando ele estivera ali? A mulher retrocedia no tempo. O pequeno ser fez parte dela, promessa de unidade, víscera crescida, depois lhe rompeu o sexo, explodiu de seu baixo ventre e agora, alimentando-se dela, buscava desfazer a dicotomia. Ela se apavorou com uma imagem ainda mais antiga: antes, séculos antes, o menino fora lubricamente inoculado dentro dela — pernas, mordidas, espasmos, humores. Vindo de fora, vil estrangeiro, ele nunca havia composto o que ela era: aproveitava-se da mulher em corruptas simbioses.

Observou o líquido que escorria do mamilo — ela o criara, mas o que, para isso, teve de ser destruído dentro dela? O menino sugava o peito com vigor, alimentava-se dela, quereria comê-la inteira. Buscava, na desintegração alheia, sua própria vitalidade, refestelando-se em perverso banquete. Que tipo de fome movia o mundo? Ela também tinha suas fomes. A mulher se contorceu de nojo, buscando entender o fluxo de análises e sínteses. Ela pensou em Tânatos e Eros, e, porque pensou nisso, a palavra, autônoma, convolou-se *eroticamente* em movimento.

A mulher deslizou com lassidão sobre a poltrona, curvou-se e abriu um pouco as pernas, sentindo sobre si o peso lábil do menino, o calor leve, sua gengiva desdentada, a língua miúda, sem coordenação. Escorregou a mão pelo púbis, arranhou-a na aspereza dos pelos, pinçou e puxou o clitóris, arqueando a coluna. Masturbou-se longamente, até que o menino começou a chorar.

Ela se endireitou assustada, buscando entender de onde vinha a perturbação. O menino se contorcia, vomitando engasgado o líquido amarelecido — desperdício, repúdio. O fluxo se invertera. Preocupada, ela trouxe a boca do menino à sua e bebeu do que manava dali. Cuspiu com asco e com medo, não por causa da textura, do gosto, do cheiro, mas porque entendeu que sua fome não seria saciada — ainda faltava algo. Levantou-se num pulo, segurando a criança por uma das pernas. Tremendo, ela o desenrolou da manta, balançando desesperada o corpo erguido no ar.

Segurado pela perna, de cabeça para baixo, o menino urrava instintivo. Seus membros pendiam soltos, sua cabeça roxa parecia deformada. Insuportável, o barulho do choro atazanava a mulher, e ela, também instinto, precisava dar cabo do desconforto. O que o menino usurpara dela? O sentimento de falta recrudesceu, e ela brincou com o corpo da criança, balançando-a de um lado para outro, conhecendo seu peso, seu tamanho — como um predador a uma presa.

Por acidente, a mulher bateu com a cabeça do bebê na quina do berço, abrindo-lhe uma fenda. O menino berrava, estrebuchando. O sangue escorria e pingava sobre o carpete: pequenos círculos que iam se expandindo em improvável conurbação. O menino se concedia em essência. Ele também criava, ele também produzia matéria — embora, naquele novo ciclo, algo também fosse consumido.

Pensando compreender, segurando-o firme à mão, a mulher lançou o corpo da criança para frente, realizando no ar, com o braço, um perfeito arco. Errou. O bebê ainda emitia sons guturais e, pincel insólito, pintara, com seu sangue, um traço reto que se estendeu pelo chão, pela parede, pelo teto, pela parede, pelo chão (arco perfeito), como se dividisse o quarto em dois. Agora muito mais precisa, ela repetiu o giro. A cabeça do bebê bateu em cheio contra a madeira do berço — baque surdo, coisa dura quebrando sob um invólucro macio.

O menino se calou.

Nadou de volta à rocha, recolhendo, mais uma vez, a longa cauda a si. Terminara vitoriosa, expurgara o parasita que, sabia, viera-lhe roubando o algo que agora faltava. Observou o corpúsculo do ser vencido. No centro do quarto, a cabeça esmagada do menino vertia um sangue abundante, negro, viço e essência. Aproximou-se, agachando-se. Poderia ela recuperar o que perdeu? Sentia-se cansada, arfando grotescamente. Aproximou-se mais. Que tipo de fome movia o mundo? Ela também tinha suas fomes — e estava faminta.

Oráculos, Ondas
(atinar um laço)

Eu sabia que ela estava ficando cansada, mas, àquela época, não só eu tinha uma imensa necessidade de tentar objetivar meus sentimentos por meio de inúteis profusões comunicativas, como também acreditava, realmente acreditava que, falando, alcançaria mais rápido alguma catarse. Hoje, tantos anos depois, eu imagino, enchendo-me de algo que se sustenta entre a pena e a nostalgia, que meus maçantes afãs interlocutórios, sempre tão repletos de angústia — as mãos escorregando sobre o nada à minha frente, os dedos apontando a não se sabe o quê, contraindo-se —, eram, em verdade, um retrato dolorido de meu desespero por ser compreendido: busca incansável por algum traço fugidio de comunhão que, afinal, delineasse a fragílima e ainda assim redentora ilusão de que não estamos absolutamente sós no mundo.

Caminhávamos à beira da praia, e eu sabia que ela estava ficando cansada de mim; não seria a primeira vez que eu falava sobre o divórcio, mas, com dores a não mais poder (abrira-se um fosso em mim), eu precisava falar, falar, falar.

Fazia algum tempo que ele se fora. Na noite em que me deixou, pousara uma carta sobre a mesa da sala. Lembro-

-me exatamente do movimento instantâneo, crista e vale, que alguma coisa realizou dentro de mim. Por incerta razão — meus exercícios involuntários de memória sempre me colocam em uma cena de filme —, vislumbro em meu rosto um sorriso que cedo demais seria desfeito: o que primeiro achei ser um ato de carinho logo se convolou em definitiva despedida. Senti-me despencar. Li a carta aos saltos e depois, febril, andei pela sala com o papel amassado em mãos, pelejando para afastar antigas náuseas.

Eu recontava essa história pela milésima vez, e ela me olhava paciente, repleta, eu tinha certeza, de um cuidado condoído. O barulho do mar me chamou a atenção, e, em vã tentativa, esforcei-me para mudar de assunto. Mencionei meu medo do mar noturno, falei sobre meu ridículo medo de baleias, mas, quando dei por mim, me vi descrevendo os quês poéticos das vagas a desvanecerem sobre as areias da praia. Cheguei ao cúmulo de trazer à tona a imagem de uma *morte das ondas*, ao que ela sorriu, assentindo: ali, eu poderia prescindir de tergiversações.

Então continuei: eu ainda padecia das dores físicas. Primeiro, acordar pela manhã sob a opressão de alguma espécie de paralisia. Ao longo do dia, dar-se conta de que o trabalho pode até distrair, mas não alivia a sensação de esmagamento sobre o peito. A palavra ausência ganha outro sentido: o corpo se acostuma com a liberação cotidiana de hormônios e de neurotransmissores e, sem eles, ameaça entrar em colapso. Nos primeiros dias, curti minhas febres, curti minha desumana vontade de vomitar. Pequena pressão sobre o lóbulo da orelha, afagos na cabeça e nos cabelos, impressões visuais, mordidas sôfregas no lábio inferior, estímulos vários a cuja ausência meu corpo, traumatizado, dever-se-ia novamente habituar.

Ela retomou o assunto da *morte das ondas* e disse que eu deveria usar aquilo em alguma poesia, alguma peça, alguma música!, e eu só percebi que ela brincava comigo quando começou a rir. Por vingança, segurei suas mãos, puxei-a para a areia e, solfejando *Sobre as Ondas*, forcei-a a dançar valsa. Ela retorquiu que aquela era uma valsa que *nunca poderia funcionar* — disse isso apertando os seios com as mãos, como se me lembrasse de que, afinal de contas, ela era uma mulher —, ao que eu também comecei a gargalhar.

Eu sabia que o mais difícil seria apagá-lo de mim, apagar essas pequenas marcas que meu cérebro, meticuloso e referencial, teimava em encontrar; impressões de vento na areia dura da duna, minha memória, minha memória, minha memória. Lugares, palavras e cheiros passavam a evocar sensações e imagens que, como só pertencessem a mim — nem dele eram —, magnificavam meu sentimento de solidão e me transportavam até ele: *esta* cobertura de hotel, *este* lençol listrado, *esta* ponte sobre o mar, *esta* curva (na avenida), *esta* cadeira quebrada, *este* tropeço na pedra da rua, *esta* marcha à ré com o carro — relicário que sequer me atrevo a descrever com minúcia. Guardo-o, não por escolha, até o dia em que não puder me lembrar de mais nada — e meu próprio nome tiver sido apagado de mim.

Havíamos acabado de soltar as mãos, as risadas se diluindo em soluços. Ela baixou a cabeça um instante e, sem que eu pudesse ver seus lábios, balbuciou algo que me escapou. Enquanto o calor da gargalhada recente se dissipava como mormaço em começo de noite, pedi que repetisse o que havia dito. Ela levantou o rosto com solenidade, como se prestes a pronunciar um vaticínio. Metade de seu rosto estava iluminada pelas luzes dos postes da rua; a brisa vinha da terra ao mar, movimentando de maneira pouco natural, como a um dossel, seus cabelos longos e lisos. Então, incorporando-se da triste beleza de um oráculo, ela me olhou com profundidade e apontou para onde o mar terminava (ou começava).

Não perguntei nada. Virei meu corpo inteiro para o mar. À nossa frente, a alguns metros de nossos pés, as ondas vinham insistentes, deslizando suaves umas sobre as outras. Depois se desmanchavam, fundiam-se em um tapete de espumas que avançava ligeiro e logo se retraía, engolido pela própria origem.

Por debaixo, sobrava uma areia úmida, renovada, livre de marcas de pés, de estrias de vento.

Por um breve momento, pareci entender seu ensinamento e, sob uma tal comoção, senti minhas pernas tremerem. Olhei para ela. Seu rosto bonito, de olhos grandes que me esquadrinhavam com imersão — razão e mistério —, encheu-se de uma generosidade altaneira. Virou o rosto para o mar, volveu-o de novo para mim, abriu um sorriso e, desmanchando o feitiço, voltou a ser quem era. Caí de joelhos, virando, eu também, areia da praia — profecia que se autorrealiza. Ela me abraçou, e, sentindo a onda de calor que vinha dela a mim, comecei a chorar, comecei a chorar, comecei a chorar, pois talvez, afinal, eu não estivesse assim tão só no mundo: se eu havia compreendido sua silenciosa parábola, era porque ela também havia compreendido a mim — traço fugidio, redentora ilusão.

Examina-se um Doente

I. Genética do Vazio

O menino acabara de sair do banho, e a mãe o enxugava com uma toalha de capuz amarela. A criança debatia-se em resistência, girando o corpo em meio a risadas e reclamações.

— Sai, mãe!

Vencendo o filho, conseguiu envolvê-lo no pano felpudo, encaixando o capuz à pequena cabeça. Esfregou com vigor os cabelos da criança e, usando as extremidades da toalha, secou seu corpo com íntima autoridade: deslizou a mão pelo torso, pelo bumbum e pela genitália do menino, que gargalhava de leve. Agachada à mesma altura que ele, ela o olhou fixamente e lhe deu um beijo na bochecha, sinalizando o final do ritual do banho.

— Agora espera aqui, que eu vou buscar tua roupa.

Enquanto a mãe vasculhava as gavetas do armário, o menino se colocou sob o vão da porta entre o banheiro e o quarto. Ainda excitado do banho, vestiu-se da toalha e, esticando-a com os pés e as mãos, escalou nu o umbral da porta, sustentando-se nas laterais, peito aberto, pernas abertas, ostensivo.

— Menino, desce daí, que tu cai! Tá pensando que é super-herói?

Ele deslizou de volta para o chão, agora sério, desolado. Nunca tinha parado para pensar naquilo: a toalha bem que poderia ser uma capa de super-herói. Ele a abriu com as mãos, fazendo um chiado com a boca. A porta do quarto estava trancada, e, além dela (na sala? no quarto do irmão?), o pai fincava-se distante. E se o armário caísse em cima da mãe? Ela estava tão pequenininha, ajoelhada em frente às gavetas. Sem ninguém ali, ela precisaria do filho para se salvar do desastre — e aquela era a sua função de super-herói.

Mas havia reciprocidade em toda função. Se ele devia salvá-la, *ela devia ser salva por ele*, e o deslocamento de pronomes, que era também um deslocamento de ideias, fê-lo pensar: mamãe existe para mim. Se a vítima existe para ser salva, o herói só existe depois de surgir o perigo. Quem veio antes, então? Ele ou a mãe? O menino misturou as imagens — se o armário caísse e a matasse, ele ficaria sem a mamãe; se o móvel não caísse, ele próprio, herói, deixaria de existir, e a mamãe ficaria sem ele. Se ela existia para ele e se ele não existia mais, ela também deixaria de existir? Ela só existia, então, porque ele existia — e a completava com alguma coisa que ele não podia entender.

Apavorado, o menino correu e se montou nas costas da mãe, que se levantou rindo, prendeu os braços dele em torno do pescoço e, às gargalhadas, carregou-o pelo quarto.

Por que ela ria, se há pouco correra o risco de ser esmagada pelo armário? Aturdido, ele foi lançado sobre a cama, onde logo depois a mãe também se jogou.

Deitaram-se juntos, cabeças viradas para o teto. Ela o envolveu com o braço e o puxou para junto de si. Coberto apenas da toalha, o menino sentiu no rosto a maciez cálida do peito da mãe e, todo envolto no calor materno, percebeu se dissipar a ansiedade, pequena pressão no peito. Grato, quase choroso, ele se virou, esfregou-se no seio da mãe e, esticando-se desajeitado, estalou um beijo em sua bochecha.

— Tu sabe que super-herói tem que aprender a voar, né?

Ele entendeu a provocação e atinou que havia caído em uma armadilha. Tentou escapar, soltando um grito que logo virou risada. Ela segurou as duas mãos dele e, apoiando nos pés a barriga do menino, ergueu-o ao alto, para cima de si, numa brincadeira circense. Enquanto ele se equilibrava no ar, ela encolhia e esticava as pernas, fazendo barulho de avião com a boca.

— Atenção, senhores passageiros, o avião já vai decolar!

Do outro lado da porta, seco e imediato como um corte de guilhotina, o pai gritou pela mãe, pronunciando seu nome com urgência. Ela arregalou os olhos e seu rosto mudou de cor: a tez lívida se injetou de um vermelho monstruoso, os lábios corados se fizeram exangues. A mulher soltou as mãos do menino e, trepidando, desequilibrou-se e o derrubou ao chão. O menino caiu sobre o pé dobrado e, de dor, começou a chorar.

Quando ergueu a cabeça, a mãe corria para fora do quarto. De longe, o pai gritou:

— Pelo amor de Deus, cadê o remédio do menino?

Então era agora que ela voltaria. A mãe havia sido alertada de que ele caíra de mau jeito, de que ele estava machucado, então logo ela retornaria para pedir desculpas e cuidar dele. O choro cessou e ele esboçou um sorriso. Nada obstante, a mãe continuava a correr para longe (ele ouvia seus passos pesados no corredor). Quando, distante dele, ela também soltou um grito, ele teve certeza de que fora deixado para trás.

Caxingou até onde descobriu estar a mãe: o quarto do irmão. De costas para ele, ela segurava o bebê junto da bochecha direita, balançando o corpo de um lado para o outro. Quando ela se virou, o menino testemunhou a expressão sublime e grotesca do rosto da mulher. As trêmulas comissuras de seus lábios acumulavam o misto de suor e de lágrimas que escorria por seu rosto, e seus olhos cerrados com força pareciam articular uma súplica a algum ser superior. O menino nunca havia visto a mãe assim. O menino nunca havia visto *aquela mulher* assim.

— Tira ele daqui, fecha essa porta!

O pai o empurrou para fora do quarto e fechou a porta com vigor. Piscando de susto pelo solavanco, o menino percebeu que havia perdido sua toalha amarela: ela caíra do lado de dentro do quarto. Circunspecto, ele se sentou no chão, encostou-se na parede e, postado em frente à porta, esperou.

Depois de alguns minutos, a porta se abriu. Inadvertido de sua presença, o pai saiu para a sala. No meio do quarto, a cadeira de balanço — sentada nela, segurando o bebê e olhando-o fixamente, sua mãe. Com raiva, o menino forjou desinteresse pela cena e percebeu que sua toalha amarela não estava mais onde caíra. Levantou-se e, exagerando o coxear, entrou no quarto. Começou a procurar pelo objeto perdido. Vasculhou gavetas, olhou embaixo do berço. Ultrajado, bufando, evitava virar o rosto para a mãe. Onde teria ido parar a toalha?

— Ele tá dodói, filho.

O menino ouviu a mãe e, pela primeira vez, horrorizou-se. Mesmo depois de ter sido arremessado por ela, mesmo depois de ter sido empurrado pelo pai, mesmo depois de sua toalha favorita ter sumido, ele horrorizou-se pela primeira vez não porque pôde entender o que acontecia, mas porque, pela primeira vez, ela lhe havia dado uma explicação. À medida que suas ideias iam-se concatenando, depositando-se pesadas como um precipitado de chumbo, subia-lhe ao rosto a taciturna descrença das decepções. Tratava-se, na verdade, de uma dupla traição: ao mesmo tempo em que o usurpava do benefício de uma dúvida — ele começava a entender —, a mãe lhe desvelava, meio obscena, um objeto de cuja existência ele sequer desconfiava — e que, assim, preferia ter mantido encoberto.

O menino prendeu a respiração e mirou a mãe. Ela agora inspirava e expirava com serenidade, e o rosto ainda vermelho, afogueado, contrastava com a longânime expressão dos olhos. Ele se aproximou, disposto a observá-la mais de perto.

A mulher não olhava para o irmão, ela o *examinava*. Com uma curiosidade que era também sede, obediência e expectativa, ela *examinava* o irmão. Movimentava as íris negras com a delicadeza de uma pincelada e, nisso, parecia desenhar o bebê em toda a sua inteireza, dando a ele uma muito mais concreta existência — uma existência superior. A súplica que seus olhos sugeriram antes não era *pelo* irmão, mas *para* o irmão. Era o irmão, não ele, que a completava. Satisfeita, agraciada, a mulher sorria.

Soltando a respiração, o menino chegou às próprias conclusões. Com sua explicação, a mãe justificara não o *amor* pelo irmão, mas sua *preferência* pelo bebê. O menino fora preterido, privado de alguma coisa de que o bebê, tão sem esforço, munia-se abundante e concessivo. E isso se dava por causa de um... o quê? Se a mãe preferia o irmão, algo no menino faltava, mas o que falta *não existe*, o que falta *é nada*, e *nada* não se pode ver, não se pode descobrir; *nada* não se pode perceber — não se pode *examinar*. A culpa era, portanto, dele mesmo: ele estava nu, mas invisível.

Mortificado, o menino percebeu: sua toalha amarela envolvia o irmão.

II. *La Réproduction Interdite*

O ritual começava pontualmente à meia-noite, que era *hora aberta*, assim eu li num livro da época de colégio, antes da faculdade, do mestrado, do doutorado, de toda essa alta-torre de erudição em que, ambiguamente, busquei sempre me distanciar de todos e, ao mesmo tempo, colocar-me num ponto em que, assim distantes, todos pudessem me ver.

A imagem — ela me vem à cabeça enquanto abro os dois primeiros botões da camisa — contém pieguice em sua forma, mas acurácia em sua matéria: a Lei da Perspectiva é luminar em si mesma; ganha-se horizonte, mas perdem-se profundidade e detalhe. Quem de lá de baixo me visse — e são-os tantos — não enxergaria muito mais que um mero vislumbre de mim, e, assim borrado, sugerido, eu posso suportar ser examinado. Minha arte é milimétrica, angustiada em sua busca de precisão. O limite a que os outros me vejam é que eu seja visto. Além disso, a necessidade (o desejo?) vira nojo. Aquém disso, letargia.

Nesse mister de equilibrista em contradição, dito-me as regras do ritual. A camisa deve estar aberta em seus dois primeiros botões, mas que minha figura reste à escusa, pois só me sento e só me posso sentar em uma das cadeiras do fundo, aonde as duas únicas lâmpadas do bar, pregadas ao teto, não iluminem. Em seguida, bebo três copos de cerveja. O último deve terminar cheio até quase a metade, com um desperdício que não pode ultrapassar a altura de dois dedos. Olho em redor e procuro o rapaz *correto*, que deve ser mais novo que eu, mais baixo que eu, mais peludo que eu (o que arrasta consigo uma outra exigência: para que eu os perceba, eles devem vestir uma camisa que lhes revele o colo).

Logo que inventei esse meu ritual, ritual que aprimorei ao longo dos anos com exigências cada vez mais requintadas, tentei entender os porquês de cada passo, mas encontrei mais conforto em amparar a dúvida. Com o tempo, foi-me surgindo a percepção de que, talvez, a forma-pela-forma seja, afinal, o que importa, e nada além disso terá importância. Se um dos passos não completa seu arco perfeito, eu logo me arrelio, e é bastante comum que eu acabe voltando para casa. De outra maneira, quando o rito segue sem incidentes, sem desvios, eu me tremo num frêmito erótico e, nessa excitação parnasiana, meu pau fica duro. Não porque, nesse ponto, eu tenha avistado o *rapaz*, mas porque avistei o rapaz *certo*, cumprida toda a minha rotina. Daí não me tachar promíscuo (muito ao contrário, aliás: sou um higienista): o outro, nessa jogada, é morto; só (me) importa a regra cumprida, e é nisso que me regozijo.

O rapaz de hoje é levemente alourado. Levanto-me, aproximo-me e digo sempre a mesma coisa:

— Cheguei de viagem agora e perdi meu isqueiro... Você tem fogo?

O clichê da fala me permite estabelecer a primeira conexão. No exato instante em que ele percebe a banalidade da abordagem, ainda incerto do que eu pudesse querer, eu sorrio e propositado sano sua hesitação. Se ele corresponde, estou autorizado a seguir para o próximo passo; se não, eu estaria seguro pela veracidade da contingência, tendo em vista que o bar fica a poucas quadras do aeroporto. A narrativa do voo, aliás, é uma perene, sou ou o passageiro que procura o objeto perdido ou o piloto que, depois de horas de avião, está ele mesmo desorientado.

Silente, caminho até o banheiro, paro sob o umbral da porta e, sem me virar, apoio as mãos nas laterais do vão, descerrando um convite discreto, porém ostensivo (imagino minha figura vigorosa examinada por ele), meu corpo bonito marcado pela roupa justa.

Sinto quando suas mãos empurram minha cintura e somos os dois precipitados para dentro do banheiro. Viro meu rosto para ele e dou-lhe um beijo na bochecha, que precisa estalar alto (repito a operação até que isso aconteça). Desço por seu pescoço e sinto com meu nariz a textura de sua pele. Homens mais velhos são mais ásperos, não funcionam; com mocinhos como este, alcanço o meu propósito. Comovido, encosto a bochecha em seu colo e penso que maciez e carinho são a mesma coisa. Nesse ponto, sempre começo a suar, então busco seu peito, onde a exigência dos pelos se faz funcional: enxugo e enxugo meu suor naquela felpa. Algo meu se perde, mas pondero que, em compensação, um pouco de mim fica nele — uma essência, um humor raro extraído do labor da máquina que é o meu corpo.

Eu me viro e baixo minhas calças até a altura em que eu consiga afastar as pernas em um metro (ou quatro ladrilhos do chão do banheiro). Apoio as mãos na parede e sinto a glande exposta de meu pênis ereto roçar a borda da pia imunda. Eu peço a ele que se monte em minhas costas, mas, quando ele não me obedece ou não me entende, eu mesmo o conduzo ao desenho almejado. Prendo seus braços em torno do meu pescoço, seguro as mãos daquele estranho e, sem me virar, beijo-as com fragilidade filial, entristecendo-me de saudades que não consigo decifrar.

Depois disso, não me viro mais. À minha frente, quase rente a meu rosto, um detalhe curioso da *mise-en-scène* local: a moldura vazia de um espelho. Olho para aquilo, mas não posso ver reflexo algum. Lembro-me do quadro de Magritte... Como era o nome? Trata-se de um quadro em que a imagem de um homem no espelho é não o que ele mesmo veria diante de si, mas aquilo que nós, que o examinamos de fora e às suas costas, vislumbramos dele. O homem, assim, não pode ver senão o que é visto pelo outro — sua visão não existe em si, ela é produto de um recado-que-volta, e, assim, coloca-se em zona de absurdo: o homem só vê o que o outro apreendeu daquilo que o homem deixou que o outro visse. Mas, se o homem é um cego *a priori*, o que ele teria mostrado ao outro para que soubesse de si? Suas costas? Uma parte? Uma mentira? Um pedido? É como o cego que pede a um mudo que descreva para si uma imagem — e só se dá conta da própria cegueira porque o outro só pôde se expressar por meio de um recado escrito. Imagino que, se o homem do quadro se virasse, a imagem do espelho seria não a sua fronte (que então conseguiríamos examinar), nem, como poderia parecer óbvio, suas costas, mas um vazio, um nada — e talvez o quadro inteiro se tornasse um retângulo negro, sem imagem, a representar a supressão do próprio espectador: o limite a ver é que se seja visto.

Anuncio, então, a ordem primeira:

— Quero que tu me coma sem camisinha.

Eu o ouço abrir o cinto e baixar o zíper. Em seguida, um barulho plástico se imiscui entre mim e ele. Olho para trás (de relance!) e vejo a embalagem roxa do preservativo. A sensação que se avoluma dentro de mim mescla raiva e nojo. Tusso guturalmente, ameaço vomitar. Sem me mover, grito com ira:

— Eu disse sem camisinha, caralho!

III. O Sorriso do Homem Banguela

O homem tentou se aproximar do balcão de atendimento da clínica.

— Eu só vim buscar o resultado de um exame... Preciso pegar senha?

A atendente fez um sinal para que ele aguardasse um pouco. O homem deu dois passos para trás e esperou com uma expressão de condescendência. O ar-condicionado bateu em seu rosto e ele esfregou as mãos — menos para se aquecer do que para justificar às pessoas em redor a careta que fez. Sentia-se exposto perante tantos espectadores, então se empertigou, elevou o queixo e, cerrando o maxilar, quis-se mostrar atraente.

Sem tirar o olho da tela do computador, a atendente o convocou a se aproximar (ele se encostou no balcão de uma maneira relaxada, mas, ao imaginar que pareceria corcunda, retesou-se novamente). O homem se identificou anunciando seu nome completo (engrossando e impostando a voz em tom másculo). A atendente digitou seus dados e titubeou por um momento, antes de olhar para o homem por cima dos óculos.

— Só consigo liberar o exame mediante identidade, senhor.

Forjando uma reação de surpresa mais afetada (do que a surpresa que de fato sentiu), o homem concordou com um meio-sorriso e mostrou seu documento. Com o braço gordo esticado, a mulher olhou para a foto diante de si e depois, mais demorada, para o homem, num balançar de cabeça que ele quase acha cômico, não fora a ligeira impressão de ter vislumbrado uma réstia de julgamento em seus olhos. Recebeu o exame, agradeceu e voltou para o carro.

Sentindo o sangue a pulsar em sua cabeça, pescoço e dedos, o homem começou a abrir o exame com ambígua sofreguidão. O que encontraria naquele papel? Tinha ouvido falar que a palavra *positivo* indicava que estava com a doença, mas não entendia como aquele adjetivo poderia denotar uma coisa tão terrível. Se ele lesse *positivo*, deveria decifrar como *negativo*? Se lesse *negativo*, deveria decifrar como *positivo*? Ou será que era o contrário? Uma doença não se qualifica de *positiva*, não uma doença como aquela. Talvez acabasse morrendo antes mesmo da mãe, que choraria tanto, que lamentaria tanto — justo ela, que, desde cedo, tanto havia sofrido com a saúde do irmão.

Terminou de abrir o exame, rasgando o envelope com mãos trêmulas:

"*AMOSTRA REAGENTE PARA HIV*".

O homem pensou que a musculatura de seu rosto inteiro se deformaria em choro; esfregando o nariz e a boca, catarro e saliva, socaria o teto e a direção do carro, alucinado de revolta. Bradaria aos céus esticando o pescoço para cima e esgotando suas cordas vocais. De vergonha, cobriria a fronte; de medo, curvaria o torso e chacoalharia as mãos.

Nada disso aconteceu.

O escorço mental se desteceu quando o homem olhou para si mesmo no retrovisor. Parado no carro, sereno e imóvel, prendeu a respiração enquanto alguma substância se rearranjava dentro de si, completando-se, ganhando consistência e concretude. Diante do espelho, o homem examinou a própria imagem como se pela primeira vez. Voltou a respirar. Então percebeu que sorria como sorri um homem banguela — cheio de inestética felicidade.

Erguer um Totem

Com a mão espalmada sobre a nuca da moça, o rapaz puxou seus cabelos qual a um cabresto, trazendo a parte superior do corpo dela para junto de si, barriga e costas alinhadas. Apertou seus seios e, pelo espelho do quarto penumbroso do motel, reparou em seu rosto. Quase sentiu medo, mas diminuiu o ritmo da penetração para analisar melhor a expressão da moça, toda ela anuviada pelas escurezas do pouca-luz. Envolveu seus mamilos com os dedos e lhes deu um beliscão torcido. A moça não reagiu como ele esperava: em vez de desconforto, em sua face surgiu um sorriso de satisfação.

Deslizou para fora dela, desabou a seu lado na cama e, balançando o pênis já flácido, anunciou:

— Isso nunca aconteceu comigo.

A moça se apoiou em um dos cotovelos, esticou-se para ligar a luz e se deitou de lado, com o rosto virado para o homem, que a perscrutou por meio da imagem projetada no espelho do teto. A magreza dela repuxava sua pele com a firmeza do couro curtido de um tambor. Se ele batesse nela, sairia som? Os longos ossos se encontravam em epífises que, unidas em articulações sobressalentes, davam-lhe o frágil aspecto de um boneco de palitos, e, sob aquele ângulo, a luz cavava uma cova ao redor de seus olhos.

Em sua imobilidade lívida, a moça pareceu-lhe morta.

O rapaz se sentou à borda da cama e colocou a cabeça entre as mãos. Por que havia perdido o elã? Quis encontrar a causa na morbidez da figura da moça, mas isso não seria verdade, pois só depois a percebeu assim; antes, ele havia se deparado com o abominável sorriso. Dali ao cadáver, alguma coisa o atravessou imperceptível, lasca de nada a mais ou a menos que ele buscava eliminar ou reaver. Na cadência lógica que se formava, a satisfação havia matado a moça.

Absorto em si, não percebeu que ela havia se aproximado dele. De joelhos sobre a cama, ela se inclinou e descansou a mão esquálida sobre seu ombro. Sob estímulo do toque frio, o rapaz ergueu a cabeça num solavanco e fez colidir seu crânio contra o nariz da moça, que, gritando de susto, caiu de novo sobre a cama.

A voz aguda da moça revolveu dentro dele terras secretas, primitivas. Ele se virou e capturou o quadro com a alucinação hipnótica de um aborígene a contemplar o fogo que criou: rosto vermelho, olhos cerrados sob as pálpebras trêmulas, dentes rangendo, saliva escorrendo da boca — um grotesco esgar que, para sua delícia, completou-se com a fina tira de sangue que escorria de seu nariz. Rediviva, a moça sentia dor.

O homem havia descoberto sua panaceia. Iluminado, arrematou:

— A culpa foi sua.

Apontou para o próprio púbis, para deixar claro que não falava do choque acidental de cabeças.

A moça estourou num choro humilhado. Com as mãos cobrindo o rosto, transtornada, correu ao banheiro e se trancou.

Deitado na cama, o homem ouvia o choro da moça: sibilos, grunhidos, sincopado e errático cântico — cântico xamânico de antigas e perdidas tribos (revolvendo, com sua dança, terras secretas e primitivas). Entre suas pernas, erguido como um totem de preciosa madeira ritual, seu pênis ereto pulsava.

Noturno

Estava decidido, e parecia-me que a noite grande fora expandida em tons de azul e em longes de prata. A lua pesada, imposta no céu como secular efígie, quebrava-se nas pequenas ondas crispadas pelo vento, que mais me purificava que cruciava, impunha aos vetustos pinheiros, dispostos em redor do imenso lago, longas e maleáveis sombras, por vezes sinuosas como os movimentos dos animais noturnos, a cuja espreita eu estremecia, e fazia do voo sutil das corujas algo de luz e de alvor.

E minhas mãos eram terra, meus pés, lago, e a cabeça, lembranças.

Tudo ali, a grande cama de colchão macio coberto por lençóis ainda aquecidos de nossos corpos, o carpete delicado, cuja suavidade eu sentia entre os dedos dos pés ao caminhar lento através do quarto e em cuja superfície, esparsos, jaziam móveis de metal e de madeira escura, de aparência envernizada, nos quais se distribuíam a televisão, alguns livros e os porta-retratos com as melhores fotos de nossa família e acima dos quais, maculando as firmes paredes marfim, pendiam, enquadradas em quase etéreas molduras de gesso branco trabalhado em arabescos, perfeitas imitações, a que minha filha chamava *cópias não autorizadas*, procurando, com isso, valorizar os bens do apartamento, de obras de Renoir e de Monet, pintor de *O passeio, Mulher Com Sombrinha*, que era meu preferido pelo fato de aquela mulher se parecer com Lúcia, minha esposa, que, havia pouco, passara nua ao meu lado, fazendo-me sentir homem, o grande espelho, com que podia arrumar meus suspensórios, que Lúcia dizia enlouquecê-la, antes de tirá-los com minhas roupas, nas noites de frio, e verificar se conseguira acertar o nó da gravata, tudo ali, tudo ali sustentava meu ego, era tudo como eu planejara à época de meu primeiro emprego, quando decidi que meus dois filhos, que então tomavam a refeição matutina na mesa de 20 lugares comprada à vista, motivo por que me orgulhava e, nisso, envergonhava-me, pois nunca quis ser soberbo, e, quando brigávamos, Lúcia costumava relatar os momentos em que eu me exaltava ante seus familiares, principalmente seu irmão mais velho, que era empresário, o que me entristecia muito, pois a amava demais, ela me fazia feliz, chamar-se-iam Helena, apesar da carga trágica que o nome trazia, e Túlio, que me soava viril.

Naquele dia, meus filhos e eu descemos pelo elevador principal, em que já estava a vizinha do 2501, uma jovem de lábios bem talhados e de coxas rijas, que notei desejadas por meu filho, o que me acendeu a sexualidade, forçando-me a reconcertar meus pensamentos para que se evitassem embaraços outros por debaixo da calça, e me levou ao axioma de que elevadores forjam os mais doloridos encontros humanos, encontros entre homens que lutam pela distância segura, mas que súbito são lançados nesse terrível cubículo de constrangimentos, que nos aturde a paz, como comigo, quando, naquele mesmo momento, perguntei-me se a menina era virgem e fatalmente fui guiado a minha filha, que era tão pura, que deveria ser tão pura, mas que também possuía lábios bem feitos e pernas bonitas, e eu dei graças a Deus por seus seios serem poucos, abrindo a porta do elevador e me desvencilhando daquela menina e de mim mesmo. Fosse de se estranhar ou não, eu mesmo dirigi as crianças ao colégio, preteri sempre os motoristas em potencial que se me apareciam, gostava, acho, de estar só, a exemplo de quando me trancava na sala do piano, afastava debilmente as cortinas brancas leves, volitantes, uma luz esmaecida diluindo-se patética pelo cômodo, numa ritualística melancólica, quase fúnebre, e tocava longas peças românticas, em que as notas pingavam corrediças, expressivas, em rubatos que me acalmavam e me enchiam, mas apreciava também estar no controle, eu, que era um romântico, mas gostava de comandar. Deixei as crianças frio, subi ao meu décimo terceiro andar, de onde se emanavam os alcances de minha Jurisdição, pedi que me trouxessem um sanduíche de peito de peru com ricota, junto a um suco de abacaxi, esperei, enquanto a secretária de seios belíssimos passeava por mim, os processos em mãos, ignoro se com segundos propósitos, com sua blusa de três botões abertos colo abaixo, eu sentia a língua úmida, num momento cheio de enlevo, aquilo era uma coisa úmida, mas higiênica, em que só usaria os olhos, amava Lúcia, eu, que era um romântico e odiaria cair em clichês de realismo.

A refeição me descia ácida quando alguém, de cujas feições por total me esqueci, creio tenha sido uma servidora baixinha de cabelos curtos, a memória visual renite em moldá-la coruja, surgiu à porta, gesticulando muito, largamente, abrindo as asas em um farfalhar agourento, depois percebi que quem farfalha são as folhas, mas o efeito importante talvez seja mesmo o onomatopeico, poderia ser *esferchinhar* ou *esfarrecer*, ou ainda *esfarrefecer*, palavras que nem existem, mas que mui eficientemente me carregam ao meu susto, ao meu rápido levantar, ao meu entendimento, de praxe retardado, à televisão da sala de audiências, aos meus dedos engrossando embotados, ao meu pescoço esticando-se perpetuamente querendo engolir a cabeça, que crescia, crescia ou diminuía, nunca se sabe ao certo dessas coisas, ao meu cerne de vísceras irrigadas migrando latejante todinho para os braços, e pernas, joelhos, nariz, dedos, e pés e extremidades, e omoplatas, ao meu rosto afundando em si, ou se dobrando para fora, nunca se sabe ao certo dessas coisas, dessas coisas, à minha vista tremulante, desfocada, ao meu desequilíbrio de não sair do lugar, à minha respiração, à minha não respiração que se me socava ao peito, às imagens, às imagens, à minha mesa que sustentava meu ego, fininha feito um pardal de pernas e bico e penas ironicamente atropelados em placa esférica tricolor no asfalto, ao repórter em fundo flamejante, à explosão, ao posto de gasolina próximo ao colégio, ao colégio, à centena de alunos mortos carbonizados enquanto assistiam à aula engolidos por fogo, aos meus filhos, aos meus filhinhos, Túlio, Helena, Naná, Nanazinha — Helena era mesmo um nome muito trágico.

E meus pés eram correria, minha cabeça, confusão, e as mãos, pranto.

De novo, agora ascendendo, de novo o elevador, que estava vazio, e que não me deixava estar só, pois havia um espelho, havia um espelho que me não deixou estar só, impunha-me a mim mesmo, as sobrancelhas fortes, as mãos bonitas, um espelho nunca é um homem, um cachimbo não é uma folha pintada, o espelho nunca é *você*, *você* é um ser sem rosto, um ser que começa nos ombros, com uma cabeça-visão destacada flutuante, eu me angustiava em mim, poderia mesmo haver vastidões bastantes entre mim e mim, mas minha cabeça era outra, eu poderia tirar a roupa e ficar nu, pulando, eu, que sempre pensei em experimentar o mundo em sua completude, afinal nunca mais poderia reter a sensação de saber que meus filhos estavam mortos, eu, que amo meus filhinhos, amava meus filhinhos, amara, aqui é tudo uma questão de linguagem, e pular nu em um elevador, era pensar o instante e de chofre o perder, um homem nunca sobe duas vezes num mesmo elevador, ou um homem nunca pensa duas vezes em pular nu num mesmo elevador etc., um homem não cabe nunca em si ou, para existencialismos cliticamente míopes, um homem não cabe no *si*, um homem não *é* no *si*, um homem só *é* no *sendo outro si*, sempre imaginei como me sentiria numa tragédia pessoal e notei que estava turvo, não com fome, não pesado, não triste, que tristeza se sorve com calma, mas turvo, anuviadamente, entontecidamente turvo, era possível, na sala, ouvir um ruído oriundo do quarto, a televisão estava ligada, eu a desliguei, algo me desalinhava em recôndito lugar, então entrei no banheiro e vi Lúcia desmaiada dentro da banheira e percebi que estava morta, adivinhei, na verdade, só depois de muito tempo a observando, o rosto lívido e puro, a roupa leve, quase transparente, as mãos postas tristes sobre o regaço, percebi a caixa de remédios sob sua panturrilha.

E, aqui, poderia usar frases curtas. E, aqui, cessaria o fluxear. Há sempre ares de triste solenidade em frases curtas (que tristeza se sorve com calma). Há sempre um pesar amargurado, uma paixão quase contida. Como nos pianíssimos de um tango. Como nos pianíssimos de um fagote. Engana-se deveras quem pensa serem os fortíssimos a parte de uma música que mais exige de um músico. Não. São os pianíssimos. Esses, sim, excruciam com quase agressiva delicadeza. Como algo que, prestes a se concretizar, não se realiza jamais, suspendendo um momento à eternidade.

E paragrafaria.

Acima de tudo, paragrafaria.

E diria baixinho (que, nestas horas, não se escreve), ainda mais:

Pianississimo

E meus pés eram torpor, minhas mãos, horror, e a cabeça, dor.

Quero crer já não me assustem mais, os animais noturnos. A lua permanece dura, alta. Os pinheiros são poéticos, movem-se tristes e longos. Começa uma chuva finíssima, suave, atravessando-me translúcida, gelada, pontiaguda (eu, eu, Eu — que fora um romântico, e acabara um simbolista). E tudo está como deveria estar.

Só o vento, agora, parece-me um tanto... não. Não. Purifica-me, ainda.

E minha cabeça era delírio, meus pés, agonia, e as mãos, sangue.

Oficina

O que eu não consigo entender, Doutora, é como todo pesadelo meu termina em óleo. Sim, óleo. Tem gente que sonha com morte, tem gente que sonha que tá pelado na escola, tem gente que sonha que tá caindo de prédio. Eu sonho com óleo. Não, não é óleo de cozinha, não, óleo daqueles amarelinho, limpinho, de canola, de girassol, não. É óleo de carro mesmo, daqueles preto, viscoso, que se pegar na gente prega que não sai mais, sabe? Sim, eu até me lembro de um momento da minha infância que tinha óleo metido no meio, mas não tem nada a ver com meus pesadelo, não. Aliás é uma lembrança até boa que eu tenho com meu pai. Quando eu era pequeno, ali pelos seis, sete anos, ele me levou numa oficina junto com ele, porque disse que precisava dar uma checada no carro e aí aproveitava e me ensinava logo umas coisa de mecânica. Acho que foi o primeiro momento que eu me senti assim mais homem na vida, sabe? Virando homem, compartilhando coisa que só homem faz. Minha mãe não podia participar, não. Ela até tentou convencer meu pai de ir junto com ele, mas ele avisou que fazia questão de ir sozinho comigo, que aquilo era coisa nossa. Ele me colocou no carro e foi o caminho todo dizendo que ia me deixar trocar o óleo — não, aliás, isso ele só me disse quando a gente chegou lá na oficina e aí a dona veio falar com a gente. Se bem que eu nem sei direito se era uma oficina, oficina, porque agora pensando bem talvez fosse só meio que uma garagem, sei lá. Era meio pequeno e só tinha o carro do papai lá dentro. Quando a gente chegou, a mulher loira veio falar com a gente, abraçou meu pai e depois se baixou pra falar comigo. Aí ficou um tempão assim acocada, me olhando no olho, falando de como eu já era um rapazinho, de como eu era bonito demais. Eu mesmo não conseguia nem olhar pra cara dela. Eu tentava levantar os olhos, mas não conseguia. Acho que tava com vergonha. Eu via só os cabelão loiro dela brilhando por cima dos peito, por cima das alça do vestido vermelho. Ou era preto o vestido? Sei lá, Doutora, era um vestido. Sei que papai me trepou no carro com o capô já levantado e aí me explicou todo o mecanismo da troca do óleo: girava a tampa e depois puxava aquele negocinho lá... como é o nome? Aquele longo, assim, bem fininho, que dá pra gente ver a marcação do óleo, sabe? Sei como é o nome, não. Ele tirou o negocinho e depois enfiou de novo, aí mandou eu fazer igual a ele: eu botei e tirei algumas vezes, pra ver a altura da marca do óleo. Aí papai me disse que tava baixo, precisava trocar, senão a gente tava fodido porque aí batia o motor. A essa altura ele já tava todo breado de óleo, as mãos tudo preta. Não, é porque depois de tirar o ferrinho lá ele limpava com uma flanela. Mas aí nem sei como foi que ele se melou todo. Sei que ele disse que o óleo tava baixo e que precisava trocar, Doutora, aí saiu ele e a mulher dona da oficina pra um quartinho do lado e papai me mandou ficar onde eu tava, pra verificar se o óleo tinha baixado mais. Os dois se trancaram e aí eu fiquei lá, em cima do carro, achando o máximo botar e tirar o pauzinho lá de medir altura, só pra ver se, naquele meio tempo, o óleo tinha baixado mais. Não baixou, aí eu me senti salvando a pátria. Eu sei que tal hora eu também já tava todo breado de preto, porque não resisti e taquei-lhe a mão no óleo. Fiz a festa, pintei minhas mão tudinha. Tinha um cheiro esquisito, escorregava nos dedo. Eu continuei trepado no carro, fiquei lá me lambuzando inteiro no óleo, e foi nessa hora que a mulher começou a chorar lá de dentro do quarto, chorava, chorava sem parar. Eu digo que era choro porque dava pra ouvir os gemido dela, sabe? Eu me lembro de ficar agoniado, mas fazer mesmo eu não fiz nada. Dava pra ver que ela não queria que ninguém ouvisse os gemido dela, mas não se aguentava e aí dava pra gente ouvir. Depois de um tempo, papai saiu do quarto e brigou comigo porque eu tinha me sujado. Aí fechou o capô e me jogou no banco de trás, dizendo que, se eu manchasse o banco, ele ia me matar. Saí com as mão levantada, tipo bandido quando aparece polícia. Sei que eu nunca mais nem vi a dona da oficina. E papai nunca apareceu com o óleo pra trocar, nunca mais nem falou nada de óleo. Eu acho que na hora eu até que estranhei. Acho inclusive que fiquei puto, porque queria ter trocado o óleo, mas na hora não reclamei, tive medo dele brigar mais comigo. Sei que, depois disso, toda vida eu sonho com um mar de óleo preto e aí eu vou correndo e caio nele. Não, não chego a me afogar, não. Mas me dá um negócio ruim, sei lá, acordo todo suado. O que é que a Doutora acha que significa, hein, Doutora?

Ela

I.

Lygia foi minha mulher e minha vida, e eu a amei como a pude amar.

Conheci-a no Ideal Clube, ali pelo final dos anos 50. Depois de muitos anos estudando no Liceu, anos difíceis em que todas as manhãs eu tinha que percorrer um caminho montado no burrinho de minha tia e depois pegar um trem para chegar à cidade, eu havia entrado para o Exército e começava a me preparar para prestar os exames do Instituto Militar de Engenharia. Aquela noite era uma excepcionalidade em minha rotina muito rígida, e eu só havia me permitido ir ao Baile por insistência de uns colegas que andavam arrastando asa para umas meninas da Normal.

Fortaleza não era tão quente como é hoje. A brisa que vinha da Beira Mar passava por entre os arcos brancos que rodeavam o salão do clube e chegava à gente como um carinho agradável e salgado, cheio de maresia. Ninguém se afogueava por nada, e, se você respirasse pela boca e colocasse discretamente a língua para fora, dava para sentir um leve gosto de mar. Havia, por todo o local, uma vaga atmosfera de estupor, mas Lygia, em seu vestido azul que balançava um pouco quando o vento dava, chamou a minha atenção porque estava muito agitada, gesticulava como quem tinha dificuldade de respirar e andava compassada ao redor da borda da piscina.

Casamos em outubro, quando já preparávamos a mudança para o Rio. Do apartamento, víamos, de um lado, o paredão de pedra do Morro da Urca, que impedia a visão do Pão de Açúcar e precipitava o começo da noite nos meses do ano em que o Sol se punha mais para o lado de Niterói. Do outro lado, havia sempre o burburinho de turistas querendo subir no bondinho ou brigando por algum pedaço na Praia Vermelha, para onde Lygia descia de quando em vez para pegar uma cor, nunca para tomar banho de mar. Deixar Fortaleza talvez tenha sido menos sensível para ela por causa da praia lá e cá, mas ela se ressentia e reclamava muito do mar, que, ela dizia, lá por baixo era sempre frio, frio, boa mesmo era a Praia do Futuro, a água lá era sempre bem quentinha.

A mudança também não me afetou muito, eu dedicava meus dias aos estudos e à preparação física que era exigida da gente. Lygia cuidava da casa, começava tirando a poeira dos móveis todas as manhãs, depois varria o chão e batia os tapetes. Preparava o almoço para nós dois e, quando eu reclamava do sal do peixe, ela fechava a cara, mal esperava eu terminar de comer e já tirava tudo, ia lavar a louça. Nesses dias, ela fazia muito barulho quando ia limpar o banheiro de tarde e não me perguntava nem o que eu ia querer para o jantar, preparava o que bem queria.

Por causa da asma, ela só havia estudado até a quarta série do Ginasial. A saída de sua infância fora conturbada, mas os primeiros anos de adolescência sim foram um suplício, e ela teve que desistir da escola devido a uma crise que durou muito tempo. Ela fez compressas, aspirou infusões, fez inalações diárias, tomou injeções e remédios. Até maconha ela usou, mas disse que lhe dava muita taquicardia, então parou. A falta de ar lhe pôs de cama por quase um ano. Depois que a fase aguda da crise passou, desistiu de continuar a estudar. Apesar disso, ela sempre lia muito. Uma vez eu a flagrei sentada meio de banda na cadeira do escritório, como que espiando um livro de Cálculo Estrutural, mas ela tomou um susto e se afastou, resmungando, quando eu dei uma gargalhada e lhe disse que ela não tinha estudo para entender aquelas coisas.

Fazíamos amor quase todas as noites, e foi assim até ela completar 52 anos, quando subitamente decidiu ir dormir num quarto separado e nunca mais nos tocamos. Lygia era bonita, a pele muito branca, as pernas roliças, mas não foi até sua primeira gravidez que a achei linda. Ela engordou um bocado e não conseguiria tornar a emagrecer, mas o rosto ganhou um rosado viçoso que lhe dava um ar de pintura, ela inteira parecia uma pintura.

Nossa primeira filha nasceu em Brasília. Eu havia me formado no IME como um dos primeiros na turma, e logo me apareceu uma oportunidade de ir dar aulas na UNB. Compramos um carro, em Brasília é impossível de se viver sem um carro. Lygia odiava a cidade, dizia que era uma anticidade, onde já se viu tanto ermo, a pessoa anda, anda, anda, não vê nada, aí aparece uma ilha de apartamentos com umas vendinhas locais. Descia com Anitra para brincar na praça próxima a nosso prédio na Asa Norte, nunca encontrava nenhuma outra mãe ou criança e subia tossindo muito.

O que mais a afetaria, de fato, seriam a secura e a poeira, que pioraram muito sua asma. Ela deu para respirar sibilando, e eu gritava com ela por isso, porque me tirava a concentração para corrigir as dezenas de provas dos alunos ou fazer um projeto novo. Um dia, entretanto, cheguei em casa e vi Anitra, que tinha ali seus três anos, largada na sala, no chão, brincando com cara de choro. Perguntei, ainda na entrada do apartamento, por que diabos é que a menina estava sozinha. Encontrei Lygia quase desmaiada sobre a mesa da sala, lutando para conseguir fazer o ar entrar nos pulmões. Seus olhos estavam não apenas muito abertos, mas esbugalhados, meio exoftálmicos, e a pele já arroxeava. Senti-a gelada quando a agarrei e joguei sobre meus ombros.

Ela passou a noite no hospital, e foram horas terríveis para mim. Sob a perspectiva de perdê-la, eu diminuí muito, chorava e andava de um lado para o outro no corredor. Me senti marchando, então parei. Quando Lygia melhorou e pôde voltar para casa, me fez prometer que iríamos embora daquela cidade o quanto antes, por ela, por Anitra, pelo amor de Deus, e eu prometi que sim enquanto beijava sua testa de pele tão, tão macia, mas, com o passar dos dias e com sua melhora, fomos ficando. Nenhum de nós dois havia se esquecido da promessa, então ela se aproveitou para me fazer contratar uma empregada, o que eu só permiti porque a culpa de ter quebrado um compromisso me pesava como um estigma. O dinheiro da Universidade era bom e tinha muita coisa a se construir na cidade, então eu sentei e fiz uma planilha detalhando cada centavo que gastávamos. A empregada viria com a condição de cortarmos um pouco da conta de luz. Depois das 9:30, todas as lâmpadas se apagariam.

Francisca ficou com a gente uns 10 anos. Cuidava sobretudo da limpeza e da cozinha, enquanto Lygia geria tudo e cuidava do Casé, que nasceu poucos anos depois de Anitra. Francisca e todas as empregadas que vieram depois cozinhavam muito mal, o arroz nunca tinha gosto de nada, e eu terminava os almoços sempre muito irritado, culpando Lygia por não ter instruído direito a serviçal. Ela se levantava da mesa bufando e me dizia que, se era tão má esposa, que eu arranjasse logo outra. Eu ouvia calado e vermelho, e em geral a coisa ficava por isso mesmo, mas, às vezes, eu batia na mesa, soltava um porra bem alto e jogava os pratos no chão. Anitra começava a chorar, encolhida de medo. Eram desses dias as noites em que eu e Lygia mais demoradamente nos amávamos.

Não arranjaria outra esposa, nem procuraria uma amante. Nunca, em nossos mais de 50 anos de casados, estive com outra mulher. Meus colegas contavam vantagem por comer a vizinha, por comer até a própria empregada, mas eu nunca nem olhei para o lado. Só Lygia me agradava. Ela ia dar uma volta com as crianças no sábado de tarde e voltava com algumas sacolas na mão. Eu ralhava pelo gasto de dinheiro, mas encontrava em seu rosto uma resplandescência que me deixava realizado. Só Lygia me realizava.

Apesar dos pratos quebrados, nunca levantei a mão para Lygia, sobretudo depois do que fiz com Anitra em seu aniversário de 15 anos. Eu estava tirando o lixo quando senti um cheiro de cigarro vindo das escadas. Flagrei-a tragando em meio a caretas, devia ser a primeira vez que fazia aquilo, provavelmente numa tentativa de se marcar adulta, agora que já tinha a idade de uma debutante e que não ganharia festa alguma, aquilo custava dinheiro demais. Arrastei-a calado para dentro de casa, puxando-a pelos cabelos. Anitra era agora uma moça muito estudiosa, dedicada e discreta, então não gritou em momento algum. Lygia, ao contrário, começou a berrar assim que nos viu, mas não fez muito mais que isso. Levei minha filha para o quarto e a joguei na cama. Alcancei a arma que guardava na última prateleira da última porta do armário e coloquei o cano entre seus lábios, dizendo que filha minha não colocava bebida ou cigarro na boca.

Eu não tolerava bebedice ou coisa do tipo. Meu pai chegava bêbado em casa todas as noites, eu me encolhia debaixo da cama sentindo o cheiro azedo de suor e de bebida tomar conta do sítio inteiro e ouvindo ele gritar muito com minha mãe. Nunca coloquei uma gota de álcool na boca, achava aquilo nojento. Foi numa noite assim de bebedeira que minha mãe respondeu meu pai de algum jeito que o desagradou, então ele puxou a peixeira que sempre trazia pendurada no cinto e a esfaqueou duas vezes na barriga.

Foi só quando esse pensamento me veio que eu caí em mim e larguei Anitra, que correu chorando para os braços de Lygia. Minha esposa então gritou que, antes de se casar comigo, minha mãe, que havia sobrevivido às facadas e que nunca largou meu pai, tinha tido uma conversa com ela e a alertara de que a mim nunca ninguém conseguiria mudar, eu tinha o gênio ruim demais; talvez Cléa, minha cunhada, conseguisse moldar o caráter do meu irmão César, mas a mim, ela disse com cara cansada, ninguém nunca mudaria.

Não olhei para nenhuma das duas, guardei a arma de volta no alto do armário e me deitei na cama para não me levantar por muitos dias. No final do quinto dia, Lygia se fez de esquecida do acontecido e disse que eu precisava ir a um médico. Ela beijou meu rosto, eu fiz um carinho em sua mão e concordei. Comecei a tomar uns comprimidos brancos grandes e entrei de licença médica. Só consegui voltar a trabalhar dois meses depois.

Antes de nos mudarmos de volta e em definitivo para Fortaleza, ainda moramos em algumas cidades muito frias do interior de São Paulo, em diversas vilas militares. Lygia deu à luz dois outros filhos, Regina e Fernando, a quem Casé, depois de uma certa idade, passou a aterrorizar de todas as maneiras possíveis. Uma vez cheguei em casa e o menino estava com as pernas roxas de uma surra que Lygia tinha lhe dado. Perguntei a ela o que tinha acontecido, e ela me disse que Casé tinha trancado Fernando, que herdara a asma da mãe, dentro do banheiro, depois de ter tocado fogo em um lençol no box. O menino agora fazia aerossol para tentar normalizar a respiração. Eu a alertei de que não tinha nada a ver com aquilo, que era bom que ela aprendesse a educar os filhos direito.

Eu não me dava a me envolver com eles, salvo nos estudos. Era Lygia que estava sempre sabatinando os meninos, às vezes eu ouvia seus gritos de burro, burro, como é que não consegue aprender isso, quando se sentava para tomar os pontos com Fernando. Ao final de cada ano, entretanto, era comigo que eles tinham que se ver. Eu os colocava em fila indiana à entrada do meu escritório, e, de cabeça baixa, entravam um a um. Já estávamos em Fortaleza, era comum que eles chegassem muito suados, provavelmente do calor, que já era forte pelo final de novembro. Se eu via uma nota vermelha, me punha a gritar não só com eles, mas sobretudo com Lygia, que era uma irresponsável por não saber cuidar nem dos filhos.

Formaram-se e foram-se todos, à exceção de Regina, que foi ficando e ficou, a pretexto de defender a mãe de mim. Minha filha mais nova me odiava e não tinha pudor nenhum em esconder esse ódio de mim, de Lygia, dos irmãos que iam todo sábado almoçar lá em casa, das empregadas, do entregador de água, e tudo isso apesar de ela também ser engenheira civil, de ela também carregar no rosto os mesmos traços másculos que eu, homem, portava tão bem e que nela só lhe faziam parecer muito comigo. Quando eu e Lygia brigávamos, e isso acontecia quase todos os dias, Regina se intrometia, dava pitaco. Um dia, eu me enfureci e parti para cima dela, mas ela pegou uma faca de churrasco do armário da cozinha e disse, sem me olhar nos olhos, que ia me matar se eu desse um passo além daquele.

Regina nunca se casou, nunca teve sequer um namorado, mas arranjou um cachorro, o Tweed, que chegou até manso, mas, passados alguns meses com a gente, lambeu a tomada e levou um choque tremendo que o fez ficar pregado na parede alguns segundos. Depois disso, virou uma fera. Mordia todo mundo dentro de casa, menos a mim. Meus netos calculavam por quais quartos podiam passear sem medo. Uma vez, ele encurralou Lygia dentro do banheiro e lhe arrancou um pedaço da mão. Nem Regina escapava de sua tirania. A mim, contudo, aprendeu a respeitar. Encomendei um galho de árvore seca bem rígido e andava sempre com ele, esperando o momento em que o bicho me atacasse. Certa vez, eu de propósito me aproximei dele enquanto comia a ração e, quando ele veio em minha direção espumando pela boca, dei-lhe com tudo uma paulada no espinhaço. Regina veio correndo e, quando viu que o bicho gania e se entortava todo, gritou pelo amor de Deus para eu parar com aquilo. Depois daquele dia, eu escrevi no galho "esse pau não é santo, mas faz milagre" e o coloquei acima do umbral da porta da cozinha, de modo que todos o vissem. Tweed se recuperou, mas Regina ficou sem nem mesmo altear a voz para mim, pois tinha muito medo de que eu tirasse dela aquilo que ela mais amava na vida.

Depois de ter viajado o país inteiro construindo pontes e prédios e comandado um Batalhão de Caçadores durante quase duas décadas, aposentei-me Coronel do Exército aos 48 anos, mas nunca consegui abandonar a rotina militar. Acordava às seis horas da manhã todos os dias e ia fazer exercícios físicos no terraço. Quando terminasse, Lygia, que tinha voltado a cozinhar, já teria preparado o café da manhã, pão carioquinha torrado na frigideira com manteiga e um copo de abacatada. Depois, eu ia para o escritório verificar meus rendimentos da poupança e colocar na ponta do lápis as contas da casa, que estavam ficando altas demais.

Na hora do almoço, exatamente às 12:30, eu as alertava de que era preciso economizar, elas estavam gastando muito. Normalmente eu terminava o almoço resmungando bastante, porque Lygia havia perdido a mão, temperava as coisas com cominho, que eu detestava, salgava demais o frango, fazia peixe cozido, e eu odeio peixe cozido. Deixava que elas tirassem os pratos enquanto eu ia me deitar na rede e tirar uma sesta de 20 minutos, que elas sempre atrapalhavam com a zoada dos pratos batendo, então eu gritava alto do quarto, porra, puta que pariu, caralho, o barulho ficava mais baixo e eu conseguia dormir um pouco. Quando chegaram os computadores e eu pude comprar uma impressora, escrevi bem grande numa folha de ofício RESPEITEM O SONO DO GUERREIRO e preguei com fita adesiva na porta, que passei a trancar depois que meus netos começaram a almoçar lá em casa antes do colégio.

Com meus netos eu me amolecia todo. Os dois só tiravam 9 e 10 na escola, nunca haviam perdido uma medalha do Quadro de Honra. Eu chamava o Gabriel no escritório e perguntava o que significava cada palavra do Hino Nacional, e ele acertava todas, enquanto Bianca estava sempre fazendo tarefa de casa, ela estudava tantas vezes a mesma parte do livro que começava a chorar. Eu os chamava no quarto e lhes perguntava se gostariam de ganhar 10 mil-réis, eles diziam que sim, então eu pedia a eles que raspassem minhas costas com gilete e tirassem os pelos das minhas orelhas. Ao final, eu pegava um pouco dos pelos do chão e jogava neles, dizendo que agora as costas e as orelhas deles iam ficar cabeludas também. Eu ria muito quando eles gritavam e, também rindo muito, saíam correndo do quarto, levando a nota de 10 reais. Quando alcançavam a saída para o corredor, refreavam o passo, porque o Tweed poderia estar lá e morder eles. Sabiam, entretanto, que não podiam fazer barulho quando eu fosse dormir de tarde. Andavam cochichando pela casa, escovavam os dentes no banheiro do corredor com muito cuidado e depois iam para a escola.

De tarde, eu me dedicava a fazer pequenos reparos pela casa, acho que era uma maneira de ainda me sentir engenheiro. O prendedor do rolo de papel higiênico quebrava, então lá ia eu construir um novo com uma ripa de madeira que lixava até conseguir encaixá-la na parede. A descarga de um dos banheiros parava de funcionar, então eu bolava um jeito de fazer que um fio de arame em tamanho e formato específicos alcançasse, por dentro da parede, a bomba que regulava o nível da água. Com o tempo, a casa foi ficando meio remendada, e Lygia reclamava muito, falava que era impossível de se viver num local caindo aos pedaços. Queria fazer obras e mais obras na casa, e eu logo cortava essa história, não havia necessidade de se ficar gastando dinheiro à toa, ainda mais com aquela conta de luz altíssima.

Eu só permitia que as luzes fossem ligadas depois do completo anoitecer, porque Fortaleza tinha muito sol, era muito iluminada o tempo todo. Na verdade, eu segurava até quando desse, mas logo Lygia começava a gritar que não era possível viver naquele breu. Eu cedia, até porque estava com fome, e ela tinha que preparar meu jantar, que trazia a meu quarto enquanto eu assistia ao noticiário e, às quartas, ao futebol. Durante a noite, eu sempre andava pela casa fiscalizando tudo. Quando encontrava uma lâmpada acesa em um cômodo vazio, ficava possesso e voltava batendo muito forte nas paredes do corredor, para ver se fazia Lygia e Regina entenderem que dinheiro não nascia em árvore. Regina gritava de volta, retrucando que naquele mês pagaria as porras das contas, e eu a avisava de que, com aquele emprego de bosta dela, não dava nem para comprar papel higiênico para limpar o cu. Se ela quisesse, que fosse morar fora, uma mulher de quase 30 anos morando com os pais era um vexame. Ela se calava e pegava o Tweed no colo. Nesses dias, eu ouvia por cima do barulho da novela o fungado de Lygia chorando no quarto dela, mas só até as dez da noite, quando, por segurança, eu trancava uma a uma as portas da casa e exigia que todos fossem dormir. Elas levavam uma garrafa de água para seus quartos para não terem de ir à cozinha, e, de madrugada, já não se ouvia mais barulho vindo dos banheiros, porque eu proibi descarga antes das sete da manhã.

Vivíamos muito bem nessa rotina, vivemos assim por uns 20 anos. Lygia envelheceu muito, eu também, Regina também. Antes de morrer com mais de 14 anos, Tweed havia ficado cego e sem conseguir andar, mas Regina insistia e o manteve vivo por alguns anos. Três vezes ao dia, antes de sair para o trabalho, na hora do almoço e no comecinho da noite, ela lhe dava direto na boca uma ruma de comprimidos e algum tipo de comida amassada que ela mesma cozinhava. Um dia, acordei com o grito de Regina. Tweed estava duro no colchão que ela havia disposto no chão do quarto para que ficasse mais confortável. Minha filha estava roxa e com o rosto deformado de tanto chorar, eu nunca tinha visto ninguém daquele jeito, nem na época do Exército. Ela berrava de dor, abraçada com o corpo morto do cão. Eu senti uma pontada no coração, fiquei muito triste, porém reagi a isso mandando-a parar com aquela gritaria e aquele choro idiota, que ela não era mais nem criança. Lygia então apareceu furiosa e me empurrou com força, foi a única vez que usou da força física contra mim, contra meu corpo. Em seguida, me deu soco forte no peito e me disse que eu era um demônio, que um dia eu ainda ia pagar por todo aquele sofrimento que eu as fazia passar. Eu fiquei sem entender, perplexo e muito assustado, então saí do quarto de Regina, deixando que as duas resolvessem como enterrar o cachorro. Naquele dia, não falei mais nada.

II.

Aconteceu num sábado à tarde em que eu estava sozinho em casa.

Lygia e Regina haviam saído para almoçar no Fernando, um daqueles intermináveis almoços de família a que todo mundo ia, Anitra, Casé, os cônjuges, os meninos. Eu não saía de casa por nada, e fazia um tempo que vinha querendo limpar a caixa d'água, a água já vinha saindo com uma cor meio duvidosa na hora do banho. Não fazia tanto calor aquele dia, então eu peguei todo o material de que precisava e fui até a área de serviço, que ficava na parte de trás da casa, depois do quarto de empregada. Eu deixava ali guardadas duas escadas verticais de madeira, uma menor, que usava para pintar de cal as paredes internas dos muros, e outra maior, justamente para quando precisava subir no telhado ou naquele pequeno sótão, onde só se andava agachado.

Encaixei a ponta da escada na ombreira da pequena portinhola que ficava a uns três metros de altura. Fixei bem a base da escada no chão, sacolejei com força para saber se estava firme. Com a mão direita, segurei o balde com o material de limpeza, com a esquerda, fui firmando a pegada e subindo os degraus com cuidado. A meio caminho, me desequilibrei e caí feio de lado, de muito mau jeito. Imediatamente soube que havia quebrado alguma coisa, pois tentei me levantar e não só não consegui como também gritei de uma dor fortíssima, que me fez, de pronto, começar a suar muito. Consegui me aprumar e, sentado, fui me arrastando para trás, empurrando meu corpo com os braços, o que foi muito difícil, pois o suor escorria pelas mãos e eu escorregava a todo instante, tive que ficar enxugando as palmas nos shorts, única peça de roupa que eu estava vestindo. Minha perna direita estava imóvel, e, como lancinava muito, achei que tivesse quebrado a bacia, o que é muito grave quando se tem mais de setenta anos. De onde eu estava até o corredor, onde ficava o telefone, havia três batentes, e subir neles foi um suplício, a perna sofria do desnível quando batia na quina. Alcancei o telefone e liguei para Regina me tremendo muito.

Não foi a bacia o que eu quebrei, mas o fêmur, que se partira ao meio e precisou de uns pinos, umas estruturas de ferro para se rejuntar. A cirurgia havia durado algumas horas, e eu havia passado por uma anestesia geral que me deixaria desorientado por muitos meses, o que de certa maneira foi bom, pois tive que começar a frequentar sessões de fisioterapia que me torturavam muito, mas em compensação logo sumiam em minha memória, que estava completamente destrambelhada. Luciana, a empregada, entrava no quarto, e eu a confundia com Lygia, dizia que, se eu morresse, meu carro ficaria com ela. Eu repetia a mesma história várias vezes, via Regina entrar no quarto com comida, mas quem saía era Lygia, que eu pedia para vir ficar comigo um pouco, porque eu estava com medo de os turistas da Praia Vermelha virem invadir o prédio. Casé, Anitra e Fernando também estavam sempre lá, mas talvez eu tenha delirado um pouco, porque depois meus neurônios se realinharam e eles já não me visitavam tanto.

Voltei a caminhar, mas caxingava e, a cada passo, sentia uma fisgada na perna direita. Voltei também, tanto quanto pude, à minha rotina. Mesmo com dor, fazia exercício todos os dias, brigava com Lygia porque não era possível que se gastasse tanto dinheiro com carne numa semana, a empregada devia estar levando uns bifes para casa. Percebi, entretanto, que Regina passara a reclamar também da comida, bufava quando vinha peixe cozido, exigia ambrosia como sobremesa pelo menos uma vez na semana, então eu me aquietei um pouco, deixei que ela falasse por mim o que eu queria falar.

Apesar dos exercícios diários, eu me via emagrecendo muito, o tônus muscular ia mirrando, então eu fazia ainda mais exercícios, toda tarde fazia 30 flexões e 50 abdominais. A cirurgia, entretanto, me invadia como um vazamento e se espalhava como um mofo pelo meu corpo inteiro, porque eu me sentia perdendo a força e a atenção. Eu nunca havia batido o carro em toda a minha vida, mas um dia, saindo do supermercado, dei ré demais e bati numa pilastra do estacionamento. Cheguei em casa torcendo para ninguém perceber, mas Regina estacionava o carro atrás do meu e já chegou perguntando o que tinha acontecido. Ela mostrou preocupação, então eu gritei que ela não tinha nada a ver com aquilo, era a porra do estacionamento que ficava no subsolo e que era muito escuro. Outro dia, derrubei o garfo enquanto tentava cortar uma carne de panela, xinguei Lygia de todos os nomes por me servir uma carne dura feito aquela. Uma vez, Lygia entrou no meu quarto carregando uma leva de roupas passadas e percebeu algo que eu já vinha percebendo há muito tempo, mas que ignorei de propósito porque me parecia muito esquisito. Os músculos de minha perna direita apresentavam uns ligeiros e irregulares espasmos, apareciam e desapareciam como uma corda rapidamente tensionada sob a pele já muito flácida. Ela me perguntou o que era aquilo, e eu a enxotei dizendo que não era nada.

Dois anos se seguiram, e eu não parecia evoluir. O trajeto ao longo do corredor, do quarto à sala, eu percorria cada vez mais devagar, então chegava à mesa já muito irritado, os almoços já começavam com gritos. Fernando, que era médico, decidiu me levar a outra consulta com o ortopedista, que ocasionou uns exames, que ocasionaram uma segunda cirurgia, pois foi constatado um desgaste precoce dos metais que os filhos da puta dos cirurgiões certamente tinham enfiado errado em mim. O negócio agora seria mais simples, a anestesia seria só local, até porque talvez meu corpo não aguentasse uma outra anestesia geral, e as sessões de fisioterapia não seriam tantas.

Não melhorei. Eu olhava bem fixo para a televisão e não desviava meu olhar para baixo, mas eu via, com a visão periférica, as cordinhas pinçando não só na minha perna, mas também no meu braço direito. Engendrei horários, modos e caminhos de evitar que Lygia, Regina ou mesmo Luciana, que era muito enxerida e tinha se pegado com aquela história do carro, descobrissem minha piora. Quando elas entravam no quarto, pela razão que fosse, eu dobrava a perna esquerda sobre a direita e começava a balançar. Eu dava um jeito de caminhar do quarto à sala antes do horário do almoço e me sentava adiantado em meu lugar à mesa, às vezes fingindo ler O Povo, então Lygia e Luciana estariam na cozinha, e Regina, no trabalho, ninguém notaria que eu ia caminhando me escorando na parede e nos móveis. No final do almoço, para conseguir voltar invisível ao quarto, eu dava um jeito de arranjar alguma briga para expulsar todos dali, o que era simples como escorregar em um escorregador, aquela era a nossa rotina, então bastava um empurrãozinho, um porra, me dá água, que peixe salgado da porra. Lygia começava a gritar, saía da mesa mandando Luciana vir tirar logo os pratos, Regina às vezes gritava comigo, às vezes e cada vez mais frequentemente, com a mãe, mas logo ia dormir para depois poder voltar ao trabalho descansada.

Foi em um desses almoços, entretanto, que meu esquema se desmontou. Eu consegui passar debaixo do radar de todos por quase um ano, mas, naquele dia, foi especialmente difícil chegar à mesa e, durante o almoço, eu derrubei meu garfo três vezes. Sentia que mastigar e engolir estava difícil, era como se a comida se transformasse numa papa grossa que não descia de jeito nenhum. O que me pegou mesmo, contudo, foi a ambrosia da Regina, que parou como uma cola ali pela faringe, pelo esôfago, sei lá. Eu tentei tossir disfarçando, mas foi pior, não entrava nem saía nada. Regina se levantou e foi fazer em mim a manobra de Heimlich, que, naquela época, ninguém sabia ainda que se chamava manobra de Heimlich, só soubemos porque, no outro dia mesmo, ela imprimiu uma A4 de um passo-a-passo com uns desenhos de uns bonecos bege que tentavam imitar humanos em que se lia bem grande na parte de cima: MANOBRA DE HEIMLICH. No final, eu cuspi a ambrosia, ficou parecendo farofa molhada em cima da mesa.

Quando o neurologista passou o diagnóstico final e quando todos descobriram que aquilo não tinha nada a ver com a queda, a família inteira mudou muito o comportamento comigo. Oscilavam muito rápido entre extremos aparentemente contraditórios, extremos que, na realidade, eram a mesma coisa, uma vontade de se livrar da doença, ainda que aquilo significasse, por algum modo ou momento, se livrar de mim. Era assim, portanto, que a um só tempo se mostravam extremamente prestativos em seus cuidados objetivos, mas evitavam estar sozinhos comigo e com minha figura que se descompunha cada vez mais. Não tive, assim, muita vez em muita coisa. Logo me afundaram em uma infinidade de consultas, de médicos, de remédios, de fisioterapias, de cuidadoras. Regina comprou uma muleta, eu ainda conseguia caminhar sozinho com a muleta que Regina me deu, mas Lygia passou a todos os dias levar as refeições para mim no quarto, eu comia sentado na minha poltrona. Quando ela se abaixava e ajeitava a bandeja em meu colo, nós nos olhávamos por um instante, e eu me enchia de comoção e de amor, mas logo também de vergonha, então eu gritava com ela. Algumas vezes, as vezes em que ela chegou mais perto de meu rosto ou tentou arrumar a gola da camiseta polo, eu até a empurrei, mas empurrão de velho era feito empurrão de criança, podia, ninguém dava muita importância.

Inventaram de me levar para a Alemanha, que lá um pessoal de uma universidade estava conduzindo uma pesquisa de ponta com células-tronco. Eu estava muito assustado com tudo, então aceitei sem dizer nada. Casé e Fernando me levaram, recorreram à cadeira de rodas no aeroporto, disseram que andariam mais rápido daquele jeito e que eu parasse de reclamar. Chegamos à Europa em pleno inverno, eles tinham que me ajudar a me vestir e me despir de muitas camadas de roupa, era uma trabalheira sem fim. O tratamento corria sob sedação, então eu levava todas aquelas picadas na coluna adormecido, o que era bom, porque eu tinha pânico de agulha. Gastei mais de

300 mil reais naquilo, quase as economias de minha vida inteira. Voltamos depois de duas semanas.

Regina era de todos a mais empolgada. Exigiu que eu voltasse a almoçar na mesa, ia ela mesma me buscar da minha poltrona no quarto e dizia que eu fosse me apoiando nela até a sala, mandou aposentarem a muleta, era bom que eu fosse estimulado. Ela punha a mão debaixo do meu braço e ia, a cada passo direito meu, sustentando todo o peso do meu corpo, mas não dava o braço a torcer. Depois de uns bons 15 minutos no trajeto, quando ela enfim me colocava sentado na cadeira da cabeceira, começava a vibrar, perguntava a Lygia se estava vendo como eu estava melhorando a olhos vistos, era impressionante, alemão é foda, depois se sentava ela mesma e começava a reclamar do coentro, que agora estava demais, tudo ali agora tinha gosto de coentro, porra, caralho.

De tarde, antes de sair para o trabalho, ela me entregava uma pequena bola de borracha dura e me orientava a segurá-la com a mão direita e a apertar em dez séries de sessenta repetições. A bola caía da minha mão a todo momento, mas ela a trazia de volta até mim e repetia muitas vezes olha aí, olha aí, mãe, como ele tá melhorando. A cuidadora baixava a cabeça, olhava para as paredes. De noite, quando voltava do trabalho, Regina se colocava em frente à minha poltrona em uma posição muito específica, meio agachada, meio em pé, parecia que ia dançar uma dança típica russa, e aguardava até que eu conseguisse, agarrado nos braços cruzados dela, me levantar sozinho. Ela então me conduzia, naquela mesma imitação de um teatro de marionetes da hora do almoço, até uma bicicleta ergométrica que comprou, na qual eu pedalava por 15 minutos cronometrados por ela.

Não foi, entretanto, até as vésperas do aniversário de Lygia que entendi que Regina também, à sua própria e dessabida maneira, antecipava minha morte, apesar de todo aquele entusiasmo diligente. Minha esposa havia se decidido a realizar a festa de seus 70 anos, então andava para lá e para cá fazendo ligações, montando orçamentos. Regina encontrou os papéis com os valores anotados no quarto de Lygia e começou a esbravejar que não era possível que ela gastasse tanto o dinheiro do pai dela, não era possível que ela não visse que o mais importante era minha cura, justo agora que eu estava ficando tão bem. Ela corria da cozinha aos quartos e gritava muito, socando a parede do corredor e gritando porra, puta que pariu, olha o tanto de luz ligada. Pegou o pedaço de pau que ainda estava sobre o umbral da porta da cozinha e o bateu várias vezes sobre a escrivaninha que a mãe tinha no quarto. Lygia já chorava muito, e eu me tremia de pavor, porque só ali entendi que, sem nem saber disso, minha filha teimava em me manter vivo da forma que fosse, ainda que tivesse que recorrer à própria carne para isso. Mas aquilo era um psicologismo, e eu odiava toda forma de psicologismo, então me afastei do pensamento, e me bastou aferir de relance que, mesmo sem saber, era uma farsa o que vivia a única pessoa que acreditava em minha recuperação. Acendeu-se um sinal de alerta que doravante eu não poderia ignorar. Tomei a decisão naquela noite mesmo.

Eu precisava me aproveitar com pressa do fato de que ainda conseguia andar, o que eu sabia que perderia por inteiro logo mais. A muleta já havia voltado a minhas mãos, essa parte do teatrinho Regina não conseguiu levar adiante, porque já não dava conta de me carregar sozinha, e Lygia se recusava a ajudá-la, dizia que podia me derrubar e era aí que eu me quebrava todo de vez. Havia, entretanto, uma constante vigilância em torno de mim, o que eu precisei driblar com cuidado e cálculo. A cuidadora do dia era meio vaidosa, e toda vida saía 18:45 do quarto para que o marido a encontrasse maquiada quando chegasse em casa. A cuidadora da noite chegava às 18:50, vinha me saudar e depois ia para a cozinha filar rapidamente o jantar que Lygia ou Regina preparavam. Só entrava de vez no quarto às 19:05, chupando comida dos dentes. Eu teria, então, uma janela de uns 15 minutos.

Quando a cuidadora do dia ia saindo, pedi que ela desligasse a luz, que eu estava com uma sensibilidade estranha na vista, devia ser coisa da doença, então ela obedeceu sem prestar muita atenção e se despediu. Eu me aprumei melhor na ponta da poltrona e segurei o apoio da muleta tão firme quanto pude em minha mão direita. A cuidadora da noite chegou, ouvi o barulho do portão lá fora, ouvi seus passos de gorda pelo corredor e, escondendo que minha respiração começava a acelerar, respondi a seu cumprimento, boa noite para você também. Foi só ela se virar, tomei impulso com o lado esquerdo do meu corpo e, num meio giro, me pus de pé. O peso morto que era meu lado direito ameaçou me levar ao chão, mas a muleta me serviu de apoio. Fui passo a passo até o armário, cuidando para não cair, lutando para manter alguma dignidade no caminhar e ofegando baixinho.

A arma estava guardada em uma caixa no fundo do armário, junto à munição. Eu facilmente alcancei o revólver, mas sabia que difícil mesmo seria carregá-lo. Consegui abrir o tambor, mas encaixar as balas só com a mão esquerda se mostrou, para um destro inválido, uma tarefa mais demorada do que antevi, comecei a me impacientar e suar muito, o suor descia para dentro dos meus olhos e ardia, ia escorrendo pelas mãos. Ouvi que Lygia vinha pelo corredor buscar alguma coisa em seu quarto, ela gritava para Regina e para a cuidadora que num pulo voltava para a cozinha. Isso me distraiu, não percebi que a porra da muleta estava escorregando da minha mão direita, eu tentei agarrá-la de volta, mas senti meus dedos como uma luva de silicone, só serviram para derrubar a muleta com mais força no chão. Parei e fiquei sem respirar, talvez Lygia não tivesse escutado, o que é que ela queria lá dentro no meio do jantar, mulher dá problema até nessas horas, puta que a pariu, mas foi um segundo para ouvir seus passos vindo até mim. Enfiei as balas no tambor e o fechei a muito custo, as mãos tremiam demais, o metal deslizava com o suor. Olhei para trás e vi Lygia parada, a bombinha de asma na mão. Eu me senti invadido pelo pânico e pelo vexame, pela sensação quente do flagra, era uma coisa muito íntima o que eu buscava fazer ali. Alcancei novamente o revólver, mas em desajeito me desequilibrei e desabei no chão.

A arma caiu entre mim e Lygia, que ainda assistia a tudo atônita. Comecei a tentar me arrastar em direção à pistola, e isso pareceu acordá-la. Ela olhava para a arma e para mim, vi quando ela colocou a mão na boca e se afastou. Depois ela se aproximou e, com o pé, chutou de leve a arma em minha direção, o que me deixou aterrado, mas não havia tempo para susto. Comecei a me debater como uma minhoca em movimento, alcancei a arma e a apontei para minha boca. Eu estava encaixando o polegar no gatilho quando senti as mãos de Lygia tomarem o objeto de mim de um modo muito violento, violento não porque houvesse força, mas porque havia em seu gesto a qualidade de um arroubo, de um rapto. Do chão, eu a contemplei me olhando do alto. Lygia me fitava sem piscar os olhos, ela apertava a arma contra o próprio peito com a sofreguidão de quem guarda um objeto precioso que buscou por toda a vida e que, por fim, por um alucinante lance de sorte, encontrou. Eu comecei a chorar muito porque eu achei que tivesse visto um riso se formando no rosto dela, um riso que eu nunca havia visto e que me parecia difícil demais de entender, então comecei a gritar porra, me dá esse revólver que eu tô mandando, eu me babava inteiro, a saliva grossa caía no piso de taco. Regina logo ouviu meus gritos e apareceu, tomando a arma das mãos de Lygia, que já tinha voltado a trazer na cara a expressão alheia que costumava carregar.

Piorei muito depois disso, mas então alcancei um platô, platô que já dura mais de três anos. Parei de andar, logo os movimentos do lado esquerdo foram também ficando inviáveis. Descobriram que a história lá da Alemanha era um golpe, um esquema para tirar dinheiro de gente desesperada, houve um grande escândalo internacional. Agora, as cuidadoras me dão comida na boca, que é só papa, não consigo mastigar, a peristalse é lenta, custosa. Elas também me dão banho, por um tempo me limpavam quando ia ao banheiro, mas agora uso fraldas que são trocadas duas vezes ao dia. Quando me cago nas calças, não consigo mais avisá-las, então passo horas em minhas próprias fezes lúcido, completamente lúcido. Casé, Fernando, Anitra e os meninos aparecem pouco, Anitra um dia desses veio fazer umas rezas em mim. Regina, claro, ficou. Ontem ainda, quando ela veio aqui na cama me dar os remédios da meia-noite, tentei dizer para ela me mata, me mata, mas tudo o que saiu dos meus lábios que mal se fechavam foi um mamama. Só depois de ter perdido a fala que entendi o que aconteceu entre mim e minha esposa naquele dia. Lygia nunca vem aqui, mas vejo de rabo de olho quando, todas as noites, aparece na porta do quarto e me olha, me olha, fica algum tempo me olhando e depois, sem dizer palavra, sai para ir ver a novela.

PEDRO JUCÁ

nasceu em Fortaleza, Ceará, no ano de 1989. Entre a Literatura, a Psicanálise e o Direito, escreve, labuta, sofre e se diverte (não necessariamente nessa ordem). É pós-graduado em Escrita Criativa e trabalha como Procurador do Estado do Paraná. Mora em Curitiba com seus três gatos — Willow, Hopper e Nimbus. Este é seu primeiro livro publicado.

este livro foi editado

no inverno

de 2022